Ulrike Rylance

Ein Date für vier

Eine deutsch-englische Lovestory

© Mary Grace Long

Ulrike Rylance, geboren 1968, studierte Anglistik und Germanistik in Leipzig und London. Sie arbeitete während des Studiums als Assistant Teacher in Wales und in Manchester. Nach dem Studium lebte sie zehn Jahre in London und arbeitete als Deutschlehrerin für Kinder und Erwachsene. Heute lebt sie mit ihrem Mann und ihren zwei Töchtern in Seattle, USA. Einige ihrer Kurzgeschichten und Erzählungen wurden bereits in Zeitschriften und Anthologien veröffentlicht – ›Ein Date für vier‹ ist ihr erster Jugendroman.

Ulrike Rylance

Ein Date für vier

Eine deutsch-englische Lovestory

Roman

Deutscher Taschenbuch Verlag

Das gesamte lieferbare Programm von dtv junior
und viele andere Informationen finden sich
unter www.dtvjunior.de

Originalausgabe 2010

Umschlagkonzept: Balk & Brumshagen
Umschlaggestaltung: Büro Jorge Schmidt unter Verwendung
eines Fotos von Jan Roeder
Lektorat: Katja Frixe
Gesetzt aus der Berling 10,5/14·
Gesamtherstellung: Druckerei C. H. Beck, Nördlingen
Gedruckt auf säurefreiem, chlorfrei gebleichtem Papier
Printed in Germany · ISBN 978-3-423-78247-0

1

Unsere Englischlehrerin gebärdet sich, als ob sie gefoltert wird. Immer wieder reißt sie die Hände in die Luft, zeigt auf ihren Mund und verzieht schmerzhaft das Gesicht.

Wir sehen ihr schweigend zu. Ihre pantomimischen Darstellungen sind nichts Neues. Gleich am Anfang des achten Schuljahres hat sie uns erklärt, dass in diesem Raum kein Deutsch mehr geredet wird.

»Sie haben Sprechverbot?«, rät Max.

»Zahnschmerzen?«, kommt es von Lisa.

Frau Kupfer, pardon, Mrs Kupfer, wedelt wild mit ihren Armen und zeigt auf die Tafel.

I suffer from a cold sore steht da. Wir sollen herausfinden, was das auf Deutsch heißt. Wir wissen es nicht. Wir können kein Englisch, deswegen sind wir ja hier.

Wie immer platzt ihr nach ein paar Minuten der Kragen und sie brüllt uns auf Deutsch an.

»Herrschaften, nun überlegt doch mal! Das haben wir alles schon einmal durchgenommen! Wie wollt ihr denn je im englischsprachigen Ausland zum Arzt gehen?«

Hoffentlich nie, denke ich.

Sie sieht empört aus. »Schlagt im Wörterbuch nach!«

In diesem Raum wird also doch deutsch geredet.

Ich kritzele eine kleine Sonne auf meinen Hefter. Mrs Kupfer und ihr Mund sind mir so was von egal! In sechs Wochen sind Ferien und ich werde mit Tanja und ihren Eltern nach Italien fahren. Sie haben da ein Ferienhaus, in dem wir schon letztes Jahr waren. Ob ich Francesco wiedersehen werde? Ich male ein *F* in die Sonne hinein.

»Marleen?«

Francesco sieht aus wie ein griechischer Gott.

»Marleen? Hättest du vielleicht die Güte, mir zu antworten?«

Mist! Mrs Kupfer steht vor mir, sie ist stinksauer.

Ich greife mir das Wörterbuch und fange an, hektisch darin herumzublättern.

Suffer heißt leiden oder dulden. *Sore* heißt schlimm, entzündet oder auch Wunde. An einer kalten Wunde leiden? Es ergibt keinen Sinn.

Ich hasse Englisch. Deshalb fahre ich auch nach Italien!

Zu Hause herrscht dicke Luft. Meine große Schwester Ella hat wieder irgendwas verzapft. Ich mache es mir in der Küche bequem, um das Drama live mitzuverfolgen. Da mich keiner beachtet, esse ich Nutella mit dem Löffel aus dem Glas.

»Aber ich liebe ihn!«, kreischt Ella gerade.

»Dass ich nicht lache«, erwidert meine Mutter. »Du bist sechzehn Jahre alt. Du hast dich auf deine Schule zu konzentrieren! Weißt du eigentlich, was hier drin steht?« Sie schwenkt kampfeslustig einen Brief hin und her.

Ella sagt nichts. Sie beißt sich auf die Lippe und zieht einen Ring an ihrer linken Hand an und ab.

»Was ist das denn?«, frage ich neugierig. Ella ignoriert mich, aber meine Mutter ist nur allzu bereit, mich einzuweihen.

»Deine alberne Schwester hat sich verlobt!«

»Etwa mit dem Riesenbaby?« Gelächter steigt in meiner Kehle auf. Sie ist gerade mal zwei Jahre älter als ich!

Ella fährt wütend zu mir herum. »Du sollst Guido nicht so nennen! Ich weiß nicht, warum alle in diesem Haus glauben, sie könnten sich über meine Gefühle lustig machen! Was geht es euch eigentlich an, ob ich mich verlobe oder nicht?«

»Solange du die Schule vernachlässigst, geht es mich sehr wohl etwas an! Deine Noten in Mathe und Physik sind seit Weihnachten in den Keller gerutscht! Von Englisch ganz zu schweigen!«

Meine Mutter klatscht den Brief auf den Küchentresen.

»Wenn du dich nicht zusammenreißt, fliegst du noch vom Gymnasium!«

Das Lachen bleibt mir im Hals stecken, denn auch ich habe schlechte Nachrichten in meiner Tasche. Schon wieder eine Fünf in Englisch, mit besten Grüßen von Mrs Kupfer …

»Futter nicht so viel!« Meine Mutter reißt mir das Nutella-Glas aus der Hand. Hat die Frau Augen am Hinterkopf?

Lautlos wie eine Siamkatze schleiche ich in mein Zimmer. Wenn meine Mutter solche schlechte Laune hat, ist es am besten, aus ihrem Blickfeld zu verschwinden. Ich höre meine Schwester im Nebenzimmer schluchzen. Dann redet sie offenbar in ihr Handy. An ihrem gezierten Kleinmädchenlachen erkenne ich, dass sie mit Guido, dem Riesenbaby, telefoniert. Er ist ein Jahr über ihr, in der elften Klasse, und hat ein rundes Vollmondgesicht, ohne auch nur den Schatten eines Bartwuchses. Er mag ja innere Werte haben, nur werde ich diese nie erfahren, da er nicht mit mir redet.

»Ella da?«, schnappt er mich nur an, wenn er mal an unserer Tür klingelt. Will sie etwa wirklich mit diesem Hampelmann ihr Leben verbringen? Und lauter mondgesichtige Babys in die Welt setzen? Na, mir soll es egal sein.

Ich werde eine Liste von den Dingen machen, die ich noch für Italien brauche. Unbedingt einen neuen

Bikini und so eine große Sonnenbrille, wie sie jetzt jeder hat. Mit der vom letzten Jahr sehe ich aus wie eine Blinde.

Vor lauter Vorfreude spüre ich schon die warme italienische Sonne auf meinem Gesicht. Ich lege mich auf mein Bett und denke an Francesco, Gelato und Bella Italia.

Kaum kommt mein Vater nach Hause, redet meine Mutter auf ihn ein. Er soll ein »Machtwort« sprechen. Er soll dem Riesenbaby den Kontakt zu meiner Schwester verbieten. (Hier schreit Ella entsetzt auf.) Er soll mir Hausarrest erteilen, bis meine Noten besser werden. (Ich musste ihr leider die verpatzte Englischarbeit zeigen.) Er soll endlich seinen Beitrag zur Erziehung leisten, denn meine Mutter hat weiß Gott genug um die Ohren und keine Lust mehr, sich dauernd alleine mit diesen störrischen Weibsbildern auseinanderzusetzen. (Damit meint sie meine Schwester und mich.)

Mein Vater steht im Flur herum und schielt sehnsüchtig zum Wohnzimmertisch. Dort liegt seine Fernbedienung und wartet auf ihn.

»Tja«, sagt er schließlich. Mehr fällt ihm im Moment nicht ein.

Mutter stemmt die Hände in die Hüften.

»Vielleicht kann dir der Gerhard bei den Hausaufgaben helfen?«, sagt mein Vater schnell zu Ella.

»Guido!«, verbessert sie ihn verschnupft.

»Das fehlte noch!« Meine Mutter ist kurz vor dem Explodieren. »Dann können wir ja gleich eine Wiege in dein Arbeitszimmer stellen!«

Das wirkt. Vor nichts hat mein Vater mehr Angst als vor dem Altwerden. Der Gedanke, vorzeitig Großvater zu werden, schreckt ihn aus seiner Lethargie auf.

»Wir werden eine Lösung finden!«, verkündet er kraftlos. »Morgen«, sagt er noch leiser und verzieht sich zu seinem Fußballspiel, offensichtlich froh, diesem hormonellen Tollhaus zu entfliehen.

Am nächsten Tag muss er Überstunden machen und am Tag danach hat meine Mutter ihren Yogakurs. Dann kommt meine Tante Ilona zu Besuch und hält einen abendfüllenden Monolog über ihre unmögliche Chefin. So ist schließlich fast eine halbe Woche ins Land gegangen, bis mein Vater wieder auf das Thema zurückkommt.

Ella und ich haben schon gar nicht mehr daran gedacht. Ich zähle die Tage bis zu den Ferien und Ella schickt E-Mails und SMS-Nachrichten an das Riesenbaby, wenn sie nicht sowieso mit ihm zusammen ist und sich von ihm abknutschen lässt.

Meine Eltern sitzen im Wohnzimmer und blättern ein paar Schriftstücke durch. Sie sehen zufrieden aus. Haben sie einen Kredit genehmigt bekommen oder so was? Ich nehme mir ein paar Kartoffelchips aus der Schale vom Tisch und will gerade wieder verschwinden, als mein Vater sich räuspert.

»Marleen«, sagt er. »Wir haben etwas mit dir und deiner Schwester zu bereden.«

Er sieht ernst und entschlossen aus und mir schwant nichts Gutes. Neulich habe ich gehört, wie meine Mutter sich bei Ilona beklagt hat, dass mein Vater ihr mit seinem Fußballfimmel den letzten Nerv raubt.

»Wollt ihr euch scheiden lassen?«, frage ich mit dünner Stimme. Überrascht sehen sie sich an.

»Natürlich nicht, wie kommst du denn auf so was?«, sagt mein Vater. Mutter schüttelt entsetzt den Kopf und legt ihre Hand auf seinen Arm. Ich bin erleichtert, auch wenn ich es mir nicht anmerken lasse. Was aber will er dann von uns?

»Hol mal Ella!«, befiehlt er mir.

Achselzuckend gehe ich hinaus und hämmere an die Zimmertür meiner Schwester.

»Du sollst mal ins Wohnzimmer kommen!«, rufe ich.

»Muss das sein?«, ruft sie zurück. Sie flüstert etwas.

»Sag dem Riesenbaby, es soll auflegen!«, brülle ich und lausche auf ihre Reaktion.

»Kleine Schwester … Scheusal …«, höre ich.

Grinsend gehe ich weg. Wie gut, dass ich die beiden Turteltäubchen im Sommer nicht um mich herum haben muss.

Ich setze mich in den Sessel im Wohnzimmer und nehme mir noch ein paar Chips. In zwanzig Minuten gibt es GZSZ, hoffentlich dauert das hier jetzt nicht so lange.

Ella kommt aus ihrem Zimmer stolziert wie ein Pfau und setzt sich mit einem Viertelhintern auf die Couch. Sie hat nicht vor, hier länger als nötig zu verharren. Um den Hals trägt sie ein kleines Tuch, und als sie sich nach vorn beugt, um sich ein paar Chips zu grapschen, sehen wir alle, was sie zu verbergen versucht. Zwei rote Flecke zieren ihren Hals. Das Riesenbaby als Vampir, ich glaube, ich muss kotzen!

»Mama und ich sind zu einer guten Lösung gekommen!«, sagt mein Vater ohne große Einleitung. »Eure Noten sind eine Katastrophe, besonders in Englisch. Bei Ella besteht sogar die Gefahr, dass sie von der Schule runtermuss.«

Meine Mutter nickt nach jedem Wort. Was haben sie vor? Ich sehe zu Ella, aber die kaut nur Chips und zieht Fussel von ihrer Hose.

»Außerdem«, fährt er fort, »verbringt uns Ella ein bisschen zu viel Zeit mit diesem … äh … Guido!« Fast sieht mein Vater erleichtert aus, dass er den Namen diesmal nicht verwechselt hat. Schadenfreude erfüllt mich. Werden sie ihr jetzt die Verlobung kündigen?

»Und bei Marleen sind wir uns nicht so sicher, ob es eine gute Idee ist, sie den ganzen Sommer lang Tanjas Eltern zu überlassen.«

»Nichts gegen die Frau Tschach«, unterbricht meine Mutter hastig. »Aber wir wissen ja alle, wie Tanjas Eltern sind.«

Ja, das wissen wir. Tanjas Eltern sind großartig. Sie müssen sich dauernd selbst finden und haben überhaupt keine Zeit, sich zwischen ihren ganzen Töpferkursen und Mondscheinwanderungen um zwei Teenager zu kümmern. Ein ungutes Gefühl kommt in mir auf.

»Deshalb sind wir zu dieser bereits erwähnten guten Lösung gekommen. Ihr zwei fahrt in den Ferien zusammen in einen Sprachurlaub nach England.«

»Italien«, verbessere ich ihn mechanisch. Er hat sich wohl versprochen.

»England. Torquay, um genau zu sein.« Er hält einen Zettel hoch. Ella guckt ihn mit dem leeren Blick einer Kuh an.

»Es hört sich alles sehr gut an«, sagt meine Mutter mit fröhlichem Lächeln. »Herrliche englische Landschaft und Kultur! Ihr werdet die britische Lebensart kennenlernen und wie im Schlaf eure Sprachkenntnisse verbessern. Ich beneide euch!«

»Kommt Guido mit?«, fragt Ella. Sie war noch nie besonders helle.

»Nein, Guido kommt natürlich nicht mit«, sagt meine Mutter. Sie richtet sich entschlossen auf. »Das ist ja der Sinn der Sache!«

»Ihr spinnt ja wohl total«, sagt Ella. Sie ist kreidebleich. »Da fahren wir nicht hin, das könnt ihr vergessen.«

»Niemals«, unterstütze ich sie. Ich kann mich nicht erinnern, wann wir je zusammen einer Meinung waren.

»Oh doch, ihr werdet nach England fahren. Papa hat die Reise heute früh gebucht. Drei Wochen Südengland – ihr solltet dankbar sein! Wisst ihr eigentlich, wie viele junge Leute gern mal dahin wollen und es sich nicht leisten können?«

Sie können meinen Platz haben! Und mein gesamtes Taschengeld noch dazu! Drei Wochen Nebel, Tee und Miss Marple? Und Francesco flirtet inzwischen mit Tanja am italienischen Strand?

Ich fange tatsächlich an zu heulen. Ella ist aus dem Zimmer gestürmt, Handy in der Hand.

Ich schaue auf die beiden Leute vor mir, die sich meine Eltern nennen. Mitleidslos sitzen sie da, vereint wie schon lange nicht mehr.

»Wie könnt ihr uns das antun?«, frage ich sie fassungslos.

»Stell dich nicht so an! Das ist eine einmalige Gelegenheit, dein Englisch zu verbessern. Von alleine wird es ja wohl kaum besser werden!«

Wie betäubt gehe ich hinaus. Ella tobt in ihrem Zimmer. Kurz denke ich darüber nach, von zu Hause wegzulaufen, aber ich weiß, dass ich dazu zu feige bin.

Werde ich also meinen Sommer in diesem dämlichen Torquay verbringen und kein Wort verstehen? Werde ich bei jedem Gespräch so herumhampeln müssen wie die verhasste Mrs Kupfer?

Ich lehne meine Stirn an die kühle Fensterscheibe. Francesco!

2

»Du Arme!«, wiederholt Tanja zum x-ten Mal. Das sagt sie nun schon seit Wochen. Sie ist überhaupt nicht richtig bei der Sache, wenn ich mich bei ihr über meine Englandreise beklage! So wie jetzt, als sie die wichtige Entscheidung treffen muss, ob sie den violetten Stringbikini mit nach Italien nimmt oder lieber den dunkelblauen Tankini mit dem faustgroßen Guckloch am Bauch. Nachdenklich hält sie die beiden Teile hoch.

Hört sie mir überhaupt zu? Ich mache einen Test.

»Die Schule ist vorhin abgebrannt«, sage ich zu ihr.

»Du Arme!«

Na bitte!

Tanja entscheidet sich für den itsy-bitsy-violetten. Er bedeckt so wenig Haut, dass sie rundherum braun werden wird. Ich hingegen musste mir auf Anordnung meiner Mutter einen Regenmantel kaufen.

»A raincoat!«, hat sie zu mir gesagt. »Da weißt du gleich, wie das auf Englisch heißt!«

Der *raincoat* ist braun und hässlich wie die Nacht. Wie eine riesige Motte werde ich über dampfende Moore flattern, während Tanja in ihrem kaum vorhandenen Bikini in der Sonne sitzen und italienisches Eis in sich hineinstopfen wird.

Überhaupt hat meine Mutter in den letzten Wochen die unangenehme Eigenschaft entwickelt, ihre Rede mit englischen Wortgruppen zu garnieren.

»Enjoy your meal!«, ruft sie widerlich munter bei jeder Mahlzeit. Und meinen Vater hat sie neulich *»Honey Bunny«* genannt. Er hat vor Überraschung die Glühbirne fallen lassen, die er gerade auswechseln sollte. Danach war er kein Honighäschen mehr, sondern nur noch ein »Meine Güte, Christian!«.

Tanja legt eine Tube Sonnencreme auf den Stapel der Dinge, die sie mitnehmen will. Ich kann sehen, dass es Sonnenschutzfaktor 30 ist, und davon sinkt meine Laune erst recht ins Bodenlose. Im Fernsehen bestand die Wettervorhersage für Südengland hauptsächlich aus Regenwolken und mickrigen Temperaturen, auf die der Wettermann verdrossen vor dem Hintergrund einer Landkarte zeigte. Und als wäre das nicht schon schlimm genug, fiel mir gestern Abend noch etwas Entsetzliches ein: Nicht nur, dass ich Francesco nicht wiedersehen darf, ich bin auch nicht mal im Lande, um Lars Brenner zu beobachten! Lars geht in die Neunte und weiß nichts von meiner Existenz, aber das hätte sich ja in den Sommerferien ändern können! Einmal hat er immerhin schon mit mir geredet. Ich hatte meinen Ohrring in der Schule im Gang verloren und habe beim Laufen nach unten geguckt, sodass ich gegen ihn geprallt bin. Er hat »Hoppla« gesagt, mit dieser wahnsinnig tollen Stimme. Ich habe vor Schreck nur gekeucht – also war es technisch gesehen kein richtiges Gespräch –, aber dieser unvergessliche Moment hat sich in mein Gedächtnis eingebrannt. Lars und ich hätten ja eines Tages mal aneinandergekuschelt daran zurückdenken können, wie wir uns damals im Gang kennengelernt hatten. Wenn – ja wenn man mir nicht grausam die Chance genommen hätte, ihm in diesem Sommer näherzukommen! Den Ohrring habe ich übrigens auch nicht wiedergefunden.

»Ich wünsche dir viel Spaß«, sage ich ohne jeglichen Enthusiasmus zu Tanja und stehe auf.

»Ich dir auch!«, strahlt Tanja mich an. »Und wir schreiben uns, okay? Check jeden Tag deine E-Mails!«

»Ich werd's versuchen.« Ob es dort ein Internetcafé geben wird, ist allerdings noch fraglich.

Ich werde mir zu Hause doch noch mal den Brief durchlesen müssen, der erklärt, was in den nächsten Wochen während des Sprachurlaubs auf uns zukommt. Gemeinerweise ist er auf Englisch und meine Eltern weigern sich, ihn uns zu übersetzen. Abgesehen davon, dass mein Vater wahrscheinlich noch weniger verstünde als ich.

Im Leben meiner Schwester spielen sich in den letzten Wochen Szenen ab wie beim Ausbruch des Dreißigjährigen Krieges. Mit dem einzigen Unterschied, dass es Ella und nicht das Riesenbaby ist, die in ferne Länder ziehen wird. Gerade jetzt halten sie sich vor der Haustür fest umklammert und schwören sich ewige Treue. Ab und zu bricht Ella in unkontrolliertes Schluchzen aus.

»Wie soll ich das ohne dich aushalten?«, jammert sie immer wieder.

»Ich werde immer an dich denken, Baby, Tag und Nacht!«, verspricht er ihr. »Beim Fußballspielen, beim Lesen, abends im Club, beim Essen, beim Aufstehen, auf dem Klo …«

»Du wirst auf dem Klo an Ella denken?«, unterbreche ich ihn interessiert, als ich mich vorbeischiebe.

Guido wird rot.

»Du wirst ohne mich in den Club gehen?«, fragt Ella misstrauisch. Sie hat aufgehört zu heulen.

»Also ich … was interessiert dich das eigentlich?«, fährt er mich an.

»Ja echt, Marleen, was stehst du hier und lauschst?«, beschwert sich Ella.

»Ich wohne zufälligerweise hier! Allerdings nicht mehr lange, denn schon morgen fahre ich mit dir in ein kaltes, nasses Land, wo du drei Wochen lang ohne deinen Liebsten leben musst.«

Ella macht ein Geräusch wie eine Katze, der man auf den Schwanz tritt. Dann wirft sie sich weinend in Guidos Arme.

Ich lasse die Haustür hinter mir mit einem Knall zufallen.

In meinem Zimmer hole ich den Brief von der Sprachschule heraus. Bislang habe ich mich überhaupt nicht darum gekümmert, wahrscheinlich in der Hoffnung, dass meine Eltern irgendwann in mein Zimmer kommen und »April, April!« rufen. Aber nichts da – morgen früh um 6.00 Uhr müssen wir am Bahnhof sein und in einen Reisebus einsteigen, in dem schon all die anderen sitzen und ihre Wurstbrote auspacken werden …

Dear students,
We are excited that you will be coming to our wonderful school in Torquay!

Torquay is often called the queen of the Devon seaside and we are certain you will enjoy the beautiful scenery with its magnificent cliffs, palm trees and moors.

Ich lasse den Brief sinken. Es gibt tatsächlich Moore dort, ich wusste es doch! Mein abscheulicher Regenmantel fällt mir ein. Beunruhigt lese ich weiter.

You will stay with host families who are carefully selected. The accommodation includes full board.

Das verstehe ich nicht. Die Unterkunft enthält ein volles Brett? Voll mit was? Panik steigt in mir auf.

… three meals per day.

Das bezieht sich auf das Brett. Wird das Essen auf einem kleinen Holzbrettchen gebracht wie bei Gefangenen?

You will have 20 lessons per week in the morning or afternoon, each lasting 50 minutes.

Na wunderbar. Das wird ja immer besser. Vier Stunden Unterricht jeden Tag, anschließend ein Essen auf einem Holzbrett und eine Wanderung durchs Moor!

Our cricket lessons are a popular weekly event.

Cricket? Ich erinnere mich schwach an weiß gekleidete Männer im Fernsehen, die schweigend in der Sonne standen und auf irgendetwas warteten. Selbst mein Vater, der wahrlich nicht sehr anspruchsvoll ist, wenn es um Sport geht, bezeichnet Cricket als »die sinnloseste Sportart der Welt«.

The evening social program consists of quizzes, karaoke, square or salsa dancing. Or you can catch up on the latest films in English – without subtitles!

Ellas Zimmertür klappt nebenan.

»Ella!«, rufe ich mit letzter Kraft. Ich brauche ihren Beistand, Riesenbaby hin oder her. Quadratisches Tanzen und Quizabende?

Hektisch lese ich weiter.

We even hold a sand sculpture competition, an introduction into rugby and a caving expedition.

Caving? Ich schnappe mir mein Wörterbuch. *Cave* heißt Höhle!

»Ella!«, kreische ich entsetzt. Sie hört mich nicht. Ich rase ohne anzuklopfen in ihr Zimmer.

Ella liegt auf dem Bett und hat ein Guido-Foto in der Hand. Sein Gesicht ist darauf leicht abgewetzt, so oft hat sie es schon betrachtet und abgeküsst. Wenn sie nicht aufpasst, wird es bald verschwunden sein, wie in dem schrecklichen Horrorfilm, den wir mal zusammen gesehen haben.

»Ella!«, sage ich zum dritten Mal. Sie guckt mich böse an. In ihren Augen glitzern ein paar Tränen.

»Es gibt dort Moore! Und Quizabende! Und Tanz im Quadrat! Und Höhlen, in die wir geschickt werden. Und Sandburgen müssen wir bauen!«

Sie wird blass. Und dann geschieht das Unglaubliche – meine Schwester und ich fallen einander in die Arme. Gemeinsames Leid verbindet eben.

»Shit!«, sagt Ella nach einer Weile.

»Du kannst doch schon gut Englisch!«, sage ich und trotz unserer Wut müssen wir ein kleines bisschen lachen.

3

Am nächsten Tag, als wir total früh am Morgen vorm Bahnhof warten, kommt Guido. Beinahe hätte ich ihn nicht erkannt. Er hat sich die Haare schneiden lassen und sieht grotesk aus. Auf eine seltsame Weise hat sich mit dem verschwundenen Haar die Größe seiner Ohren vervierfacht.

Meine Schwester sieht ihn erschrocken an.

»Schatz!«, ruft Guido und breitet seine Arme aus. Ella tritt einen Schritt zurück.

»Wo sind denn deine Haare?«, fragt sie ihn.

»Abrasiert!«, sagt das Riesenbaby stolz. »Jetzt wo es Sommer wird, muss die Matte runter!«

Er versucht sie zu küssen. Meine Mutter rollt mit den Augen. Ella windet sich schnell weg.

»Deine Ohren!«, sagt sie und wirft ihm einen eigentümlichen Blick zu.

»Was ist denn mit meinen Ohren?«

Trotz meiner miesen Stimmung steigt ein Kichern in mir auf. Er sieht aus wie ein Topf mit Henkeln.

»Deine Ohren«, sagt Ella wieder. Sie klingt leicht hysterisch.

In diesem Moment ruft mein Vater: »Der Bus!«

Und tatsächlich – ein großer weißer Bus biegt um die Ecke. *Wengelmann Reisen* steht darauf. Ich sehe Gesichter, die sich die Nasen an den Scheiben platt drücken und uns anstarren.

»Na endlich!« Meine Mutter sieht erleichtert aus.

Mit einem lauten Quietschen kommt der Bus zum Stehen.

»Hello, hello! Welcome aboard!«, ruft jemand.

Eine untersetzte junge Frau mit kurzen roten Haaren klettert aus dem Bus heraus. In ihrer Hand hält sie eine Liste.

»Ich bin die Silke«, stellt sie sich vor. »Und ihr seid bestimmt Marleen und Ella?«

Wir nicken brav. Auf einmal habe ich einen schrecklichen Kloß im Hals. Ich würde jetzt eigentlich gern wieder mit meinen Eltern nach Hause gehen, ein bisschen rumgammeln, lesen, ein paar Computerspiele machen, später Tanja besuchen. Dann fällt mir ein, dass Tanja gar nicht mehr da ist.

»Mach's gut, mein Schatz, viel Spaß!« Mein Vater drückt mich an seine Brust. Wir umarmen uns alle und versprechen, gleich zu schreiben. Aus Versehen drücke ich sogar das Riesenbaby. Seine neuen Ohren fühlen sich kalt an.

Die Verabschiedung zwischen Ella und ihm fällt

überraschend kurz aus. Fast scheint es mir, als ob Ella so schnell sie kann in den Bus steigen will.

Nachdem unsere riesigen Koffer verstaut sind, folge ich ihr in den Bus hinein. Neugierig gucken uns alle an. Fast eine ganze Schulkasse voller Jugendlicher sitzt schon in dem Bus, manche älter, manche jünger als wir. Ella findet einen Platz am Fenster, ich setze mich schnell neben sie. Sofort erscheint Guido vor dem Fenster und klopft wie närrisch an die Scheibe. *Ich liebe dich*, formen seine Lippen. Ella rutscht verlegen auf ihrem Platz hin und her.

»Guck mal, die Ohren von dem!«, sagt eine Mädchenstimme hinter uns.

»Alles klar?«, ruft Silke fröhlich von vorn. Der Busfahrer startet den Motor und wir rollen los, in die Heimat der *Queen*, von *Fish and Chips* und *Jack the Ripper*.

Guido rudert draußen mit den Armen und ruft etwas, das im Motorenlärm untergeht. Meine Eltern winken und dann verschwinden sie hinter ein paar Bäumen.

Wir sind alleine.

Ella schüttelt die Nachwirkungen von Guidos Frisur von sich ab und zieht ihre Jacke aus.

»Na dann!«, sagt sie. »Auf in die Höhle des Löwen!«

Wir fahren durch öde deutsche Landstriche. Ella hat sich sofort mit Kopfhörern zugestöpselt und die Augen geschlossen. Heimlich sehe ich mich ein bisschen um.

Ich sitze am Gang, der Platz zu meiner Linken ist leer, am Fenster sitzt ein blonder Junge und liest stirnrunzelnd eine Langenscheidt-Grammatik. Ich mache in meinem Kopf eine Notiz, ihm nicht zu nahe zu kommen. Die Mädchen hinter mir kann ich nicht sehen, aber hören. Sie reden ohne Punkt und Komma. Wie temperamentvoll Mustafa ist, was der Schlingel letztens alles angestellt hat und wie gerne sie ihn kämmen.

»Du verwöhnst ihn!«, sagt die eine. »Du gibst ihm viel zu viel zu fressen! Du stopfst ihm ja regelrecht den Zucker ins Maul!«

Erschrocken spitze ich die Ohren, doch dann kapiere ich, dass Mustafa ein Hengst ist. Pferdefans also.

Weiter vorn im Bus ertönt ab und zu großes Gelächter. Ein Typ mit blauem Kapuzenpullover hat sich zum Anführer aufgeschwungen und gibt pausenlos Witze zum Besten. Ein paarmal hat er auch schon zu mir hinter geschaut. Ich habe natürlich so getan, als ob ich es nicht bemerke. Er sieht nicht übel aus. Halblange dunkelblonde Haare und braun gebrannt wie frisch vom Strand. Ich spitze die Ohren und muss unwillkürlich grinsen, als er mir plötzlich zuzwinkert. Warum nicht? Mein Herz ist wieder frei, nachdem Lars Brenner gestern an der Kasse vor mir stand und die blöde Julia Ritter aus meiner Parallelklasse an sich presste. Ausgerechnet Julia! Die immer so nervend ihre Haarverlängerungen herumschlenkert und deren Gehirngröße in indirekter Proportion zu ihrer enormen

Oberweite steht! Dieser Typ hat meine Liebe nicht verdient.

Schräg gegenüber sitzen zwei kleine Mädchen schüchtern nebeneinander auf den roten Plüschsitzen und tuscheln. Sie können kaum älter als zwölf sein.

Das sind also meine »neuen Freunde«, wie meine Mutter sie mir euphorisch angekündigt hat. Na toll.

Der Bus hält wieder an.

Gemeinsam mit den anderen starre ich nun aus dem Fenster nach draußen, wo ein einzelnes Mädchen ihren karierten Koffer vom Fußweg wuchtet. Zusätzlich trägt sie noch eine karierte Kosmetiktasche in der Hand, so massiv wie ein Fernseher. Unter großem Getöse verabschiedet sie sich von ihren Eltern und kommt dann in den Bus. Zielstrebig läuft sie zu dem freien Platz neben mir und setzt sich hin.

»Hallo!«, begrüßt sie mich. Ich murmele etwas. Dann stemmt sie die Kosmetikbox in die Ablage über ihrem Sitz. Ich kann nur hoffen, dass sie nicht herunterfällt und sich der Inhalt über mich ergießt.

»Hallo!«, spricht sie dann den Blonden an. »Du übst wohl schon, was?«

Er blinzelt verschreckt und rückt ein Stück zum Fenster hin. Sie dreht sich wieder zu mir um. Manche Leute können es einfach nicht ertragen, still zu sitzen.

»Ich heiße Cornelia«, erklärt sie. »Aber du kannst mich Cookie nennen!«

»Cookie«, wiederhole ich lustlos. Leute, die einem

bei der erstbesten Gelegenheit ihren Spitznamen aufzwängen, konnte ich noch nie leiden. Sie blickt mich abwartend an. Ach so.

»Ich bin Marleen.«

»Einfach nur Marleen?«

»Ja.«

Sie sieht enttäuscht aus, fängt sich aber gleich wieder.

»Ich bin ja so aufgeregt«, plappert sie weiter. »Ich meine, ich konnte die letzten Wochen kaum noch schlafen! Endlich komme ich mal in mein Traumland! Ich liebe Rosamunde Pilcher, du nicht? England ist so was von romantisch! Hast du *Wuthering Heights* gelesen? Es soll ja noch ganz schön viele Adlige in England geben. Vielleicht komme ich ja bei einem unter!« Sie lacht wie eine Kreissäge. »Ich meine, Prinz William ist einfach unglaublich süß, findest du nicht? Der ist seiner Mutter ja wie aus dem Gesicht geschnitten! Traurig, was mit der passiert ist … Was hast du für ein Gastgeschenk? Ich habe das hier.«

Sie zerrt einen in Alufolie gehüllten Batzen aus ihrer Tasche.

»Echter Schwarzwälder Schinken! Das gibt es da garantiert nicht. Die werden Augen machen!«

»Toll!«, stammele ich. Weder Ella noch ich haben an ein Gastgeschenk gedacht.

Sie legt den Schinken behutsam wie ein Baby zurück in die Tasche.

Erleichtert wende ich mich ab. Cookie holt geräuschvoll Luft.

»Meinst du, wir werden jeden Tag *5 o'clock tea* haben? So mit *scones* und *cucumber sandwiches?*«

Ich fasse es nicht. Wieso musste ich ausgerechnet neben so einer Quasselstrippe landen? Eine adelsvernarrte Irre, die sich nach einem Gebäckstück benannt hat!

»Hello and welcome!«, kracht es plötzlich aus dem Lautsprecher. Silke hält ein Mikrofon in der Hand. »Es sind jetzt alle da und deshalb werde ich euch ein bisschen über den Ablauf unserer Reise erzählen. Wir werden ab und zu mal eine Toilettenpause machen und gegen 14.00 Uhr in Calais sein. Dort nehmen wir die Fähre nach Dover!«

»Yeah!«, ruft jemand.

Sind Ella und ich eigentlich die Einzigen, die keine Lust auf diese Reise haben?

Auf der Fähre ist voll was los. Unzählige Familien mit kleinen Kindern verstopfen die Gänge. Es tummeln sich auch noch andere Reisegruppen hier: ein Rentnerbus aus dem Allgäu und außerdem eine Herde englischer Jungs in Sportklamotten. Wahrscheinlich eine Fußballmannschaft oder so was.

Cookie rennt sofort in den Duty-free-Shop, um sich mit neuer Kosmetik einzudecken. Die meisten setzen sich ins Café, um erste Kostproben der englischen

Küche zu genießen. Ich kann den Kapuzenpulloverboy mit noch ein paar anderen an einem Spielautomaten stehen sehen. Einen Moment lang überlege ich, ob ich unauffällig in seiner Umgebung herumkreiseln soll, aber Ella will frische Luft schnappen. Wir schlendern also am Oberdeck entlang. Hier weht ein heftiger Wind, ab und zu sprüht uns eine Ladung Salzwasser ins Gesicht. Die Wellen schlagen heftig nach oben. Vielleicht gibt es ja einen Sturm. Vielleicht bricht die Fähre auseinander und wir versinken im Meer!

Mich fröstelt es.

»Glaubst du, Mama und Papa würden es bereuen, dass sie uns zu dieser Reise gezwungen haben, wenn wir bei einem Schiffsunglück sterben?«, frage ich Ella.

Überrascht sieht sie mich an.

»Bist du bescheuert? Jetzt benimm dich doch nicht wie ein Baby!«

Ich hasse es, wenn sie so die große Schwester raushängen lässt!

Ella holt ihr Handy aus der Tasche, hat aber keinen Empfang.

»Kannst wohl das Riesenbaby nicht anrufen? Warum brüllst du nicht einfach ganz laut? Mit seinen Riesenohren kann er dich bestimmt sogar von hier aus hören!«

Das hat gesessen! Ella wird puterrot und ich verschwinde schnell, um mich in das Schiffsinnere zu begeben. Vielleicht finde ich ja die anderen aus dem Bus.

Auf der Treppe kommt mir einer der englischen Sportler entgegen. Er sieht gar nicht gut aus, so grünlich, und als er an mir vorbei ins Freie will, schubst er mich unsanft zur Seite.

»Sorry, love!«, keucht er. Seekrank?

»Don't mind him, he's had a few too many«, sagt ein anderer. Er steht unterhalb der Treppe und schlenkert eine Bierflasche in der Hand. Aha, der Erste ist offenbar schon angetrunken.

Der Rest der Mannschaft sieht allerdings auch nicht viel besser aus, wie mir ein kurzer Blick um mich herum zeigt. Sie lagern auf dem Fußboden wie mittelalterliche Heerscharen.

»Where are you from?«, fragt mich der mit der Bierflasche. Er schwankt ein bisschen.

»Germany.«

»We just beat them!«, sagt er stolz.

Ich verstehe nicht, was er meint.

»Rugby, man!«, erklärt er, als er mein verwirrtes Gesicht sieht. »Best sport in the world! Wrecks your ears though. Look at Andy!«

Er deutet mit der Flasche auf einen seiner Kumpel, der fröhlich seine Haare zur Seite schiebt und mir seine verknorpelten Ohren zeigt. *Wreck* klingt so ähnlich wie Wrack. Ich halte erschrocken die Luft an.

Tatsächlich! Diese Ohren sind nicht mehr zu retten. Dagegen sind Guidos reine Schmuckstücke.

»Cauliflower ears!«, brüllt Andy und nimmt einen großen Schluck.

»I am Paul, by the way«, sagt der mit der Bierflasche. Er streckt mir seine Hand hin.

»Nice to meet you«, sage ich hölzern. Aber eigentlich bin ich ganz überrascht, dass ich etwas verstehe. Sieh mal einer an! Ich bin also doch nicht so blöd, wie Mrs Kupfer mir immer einreden wollte.

»We are from Wales«, erzählt mir Paul. Er bietet mir ein Bier an, aber ich lehne lieber ab.

»From Aberystwyth!«

Ein bisschen Spucke fliegt aus seinem Mund. Kein Wunder, bei so einem Wort!

»Aber … what?«, frage ich. Andy lacht los, als hätte ich einen Witz gemacht.

Und die nächste Stunde lang erzählen mir die beiden etwas über die seltsame walisische Sprache. Ich verstehe kaum was, nur dass im Walisischen ziemlich viele Knall- und Zischlaute vorkommen. Lippenfurze, würde Tanja dazu sagen. Paul und Andy leeren ihre Flaschen und auf einmal schläft Andy mitten im Satz ein.

»Poor sod!« Paul betrachtet ihn mitleidsvoll. Dann holt er plötzlich eine Dose Rasierschaum aus der Tasche und sprüht Andy eine kleine Krone auf den Kopf. Der schläft weiter und sieht jetzt aus wie ein Törtchen. Vielleicht sollte ich ihn mit Cookie bekannt machen.

Die anderen Rugbyspieler grölen begeistert und reißen Paul den Schaum aus der Hand, um hier und da noch ein paar Tupfer hinzusetzen.

»Ach, da bist du!« Ella steht auf einmal vor mir. Mit großen Augen betrachtet sie mich und die biertrinkenden Jungs. Zuletzt fällt ihr Blick auf den schlafenden Andy.

Und da passiert etwas, das ich gar nicht mehr für möglich gehalten hätte. Ella lacht! Es klingt ein bisschen rostig am Anfang, weil sie ja in letzter Zeit fast nur noch geheult hat, aber dann bricht es richtig aus ihr heraus. Sie greift in ihre kleine Handtasche und sucht etwas. Kurz darauf hält sie ein winziges rotes Döschen mit Lipgloss in der Hand, das die Form einer Kugel hat. Dieses setzt sie Andy auf die weiße Schaummasse auf seinem Kopf wie eine Maraschinokirsche.

Die Begeisterung der Waliser kennt keine Grenzen mehr!

»Look at Andy«, grölt jemand. »He looks like a bloody wedding cake!«

Leider müssen wir uns kurz darauf verabschieden, denn die Fähre legt bald an. Man kann schon die weißen Felsen in Dover sehen.

Eine Menge Leute drängen sich am Fenster. Durch

Zufall und ein bisschen Rempeln habe ich den Kapuzenpullover entdeckt und mich neben ihn manövriert.

»Sieht toll aus«, sagt er und blickt mich dabei an.

»Die Felsen, oder was?«, gebe ich zurück und lache. Geheimnisvoll und sexy, wie ich hoffe.

»Sascha!« Ein Typ, ein Kopf kleiner als ich, aber dafür doppelt so breit und mit zwei Milliarden Sommersprossen im Gesicht, drängelt sich zwischen uns. »Ich hole mir noch eine Cola und ein paar Chips, soll ich dir was mitbringen?«

»Ach Sven, ich hab dich schon gesucht … Nee, ich hab alles, was ich brauche.«

Täusche ich mich oder ist dieser Satz irgendwie zweideutig? Sascha also. Doch noch bevor ich Zeit habe, eine schlagfertige, mysteriöse und gleichzeitig witzige Antwort zu geben, stürzen aus dem Nichts zwei Mädchen auf uns zu. Auf Sascha, besser gesagt. Mir treten sie nur auf die Füße. Es sind die beiden Pferdegirls, wie ich missmutig feststelle.

»Da bist du ja!«, begrüßen sie ihn überschwänglich.

»Hello again«, sagt Sascha galant. »Wo wart ihr denn? Das hier ist übrigens …?« Er sieht mich fragend an.

»Marleen«, murmele ich ungehalten. Was wollen die zwei?

»Komm mit, komm mit«, kreischt die eine. Ihr Zopf baumelt wie ein Fragezeichen am Rücken. Die beiden ignorieren mich komplett. »Wir sind alle da vorn, da hat man den besten Blick!« Sie ziehen ihn mit sich. Ich fühle mich unsichtbar und versuche, meinen Frust mit einem Schokoriegel zu betäuben. Er hätte ja wenigstens fragen können, ob ich mitkommen will!

»The white cliffs of Dover!«, höre ich einen Mann neben mir sagen. Er macht ein Foto. Ich drehe mich um. Sie sehen wirklich toll aus. Überhaupt muss ich zugeben, dass die lange Fahrt etwas für sich hat. Am Anfang war ich gar nicht begeistert, dass wir nicht fliegen sollten, sondern so umständlich mit dem Bus auf die Reise gingen.

»Dann seht ihr wenigstens was vom Land und merkt, dass Großbritannien eine Insel ist«, hat meine Mutter uns erklärt. Ich glaube, ich weiß jetzt, was sie meint.

Aber wir sind noch lange nicht am Ziel. Endlos ruckelt der Bus weiter, nur dass er jetzt auf der linken Straßenseite fährt. Davon wird mir leicht schwindlig. Cookie ist eingeschlafen, die meisten anderen auch.

Sie schnarcht leise. Ihr Mund steht weit offen, sodass man ihre Zahnplomben sehen kann. Ella grinst mich an. Zwischen uns herrscht Waffenstillstand.

England sieht wahnsinnig grün aus, das ist mein erster Eindruck. Und so ein bisschen altmodisch.

»Da!«, sagt Ella und zeigt auf eine rote Telefonzelle.

»Da!«, sage ich wenig später, als wir an einem gold und schwarz verzierten Pub vorbeifahren.

»The King's Head«, lese ich laut. Seltsamer Name für eine Kneipe.

Nach einer Weile greift Silke wieder nach dem Bordmikrofon. Als sie hineinatmet, gibt es einen knarzenden Ton, von dem die meisten aufwachen. Verschlafen blinzeln sie Silke an, die so frisch und munter ist wie eh und je.

»So, liebe Leute, wir fahren gerade an Folkestone vorbei. Die Gegend hier nennt man übrigens die *Garden Coast*!« Der Langenscheidt-Typ neben Cookie nickt zustimmend. Silke fährt fort. »Hier gibt es das sogenannte *Folkestone White Horse,* ein gigantisches Pferd aus Kalkplatten auf einem Hang, dem Cheriton Hill. Unser Busfahrer macht extra einen kleinen Umweg, damit wir es sehen können!«

Jubel bricht hinter mir aus. Die Pferdemädchen sind vor Aufregung ganz außer sich. Und als wir endlich das Pferd sehen, stoßen sie solche schrillen Begeisterungsrufe aus, dass ich ernsthaft anfange, mir Gedanken um ihren Gesundheitszustand zu machen.

»Oh, mein Gott, ist das süß!«, piept es hinter mir. Ich schubse Ella an, doch die schaut ebenfalls beeindruckt aus dem Fenster.

»Geil!«, sagt sie. Verräterin!

So geht es die ganze Fahrt hindurch. Immer, wenn man am Eindösen ist, greift Silke nach dem Mikrofon, um etwas Mitteilenswertes zu berichten. Schließlich, nach schier endloser Zeit, sagt sie etwas, das auch mir Freude bereitet.

»Obwohl es draußen gerade nicht so aussieht, sollt ihr doch wissen, dass Torquay den meisten Sonnenschein pro Tag in Großbritannien vorweisen kann. Es gibt hier sogenannte *cabbage trees*, ein exotisches Gewächs, das 1820 aus Neuseeland eingeführt wurde. Die berühmten Höhlen, von denen ihr ja sicher in eurem Brief gelesen habt, werden wir auch besuchen. Übrigens war eine ganz bedeutende Frau ein großer Fan dieser Höhlen!« Silke macht eine Pause, die unsere Neugier anheizen soll. Cookie lehnt sich gespannt nach vorn.

»Agatha Christie!«, ruft Silke theatralisch. »Sie hat sich die Ideen für viele ihrer Krimis in dieser Gegend hier geholt! Wer weiß, vielleicht entdeckt ja auch der eine oder andere von euch ein unheimliches Rätsel!« Sie lacht fröhlich. Die anderen lachen blökend mit. Natürlich macht Silke nur Scherze. Das einzig Rätselhafte, was uns hier begegnen wird, sind die Finessen der englischen Sprache.

Und endlich, nach fast fünf Stunden und als ich schon kaum noch sitzen kann, kommen wir an.

»Ladies and gentlemen – we have arrived!«, ruft Silke fröhlich.

4

Benommen kriechen wir alle aus dem Bus wie Höhlentiere nach dem Winter. Der Himmel ist bewölkt und wird immer dunkler. Eine große Geschäftigkeit bricht aus. Vor dem Bus steht eine große Gruppe von Leuten, die jetzt interessiert zu uns herüberschauen. Unsere Gastfamilien! Silke schüttelt alle möglichen Hände und redet so schnell Englisch, dass ich ihr nicht mehr folgen kann. Ein Mann mit Schnauzbart ruft uns allen *Welcome!* zu und der Busfahrer zerrt die Koffer aus dem Gepäckfach.

»Alle mal herhören!« Silkes Stimme schallt energisch über den Platz. »Eure Gasteltern werden euch jetzt in Empfang nehmen. Heute Abend werdet ihr also schon in den Genuss eures ersten englischen Dinners kommen.«

Der sommersprossige Sven neben ihr schließt genießerisch die Augen. Sie fährt fort: »Morgen treffen wir uns um 8.30 Uhr an der Sprachschule. Wie ihr dahin kommt, erfahrt ihr von euren Gasteltern. Die werden euch auch ein Lunchpaket mitgeben. Den weiteren Ablauf und die Nachmittagsveranstaltungen besprechen wir dann morgen in der Schule.« Aufgeregtes Murmeln setzt ein.

Auch Cookie ist wieder zu vollem Leben erwacht.

»Oh Mann, ich bin so nervös!«, quiekt sie. »Ich meine, wenn sie wirklich adlig sind oder so was, muss ich dann Sir und Lady sagen? Ich habe überhaupt keine Ahnung. Das habe ich ganz vergessen nachzuschlagen!«

Der Schnauzbärtige und Silke fangen an, unsere Namen aufzurufen. Einer nach dem anderen gehen die Jugendlichen aus dem Bus zu den wartenden Engländern und werden dort mit Schulterklopfen oder Handschlag begrüßt. Sascha wird von einer Frau abgeholt, die ein bisschen aussieht wie die Queen. Cookie blickt ihm neidisch hinterher.

Ich friere in meinem kurzen T-Shirt. Hier ist es verdammt kalt. Außerdem hat es angefangen zu nieseln. Ella hat sich auf ihren Koffer gesetzt. Um uns herum lichten sich die Reihen. Wo werden wir wohl landen?

Schließlich sind nur noch Cookie, Ella und ich übrig. Der Schnauzbärtige, er heißt übrigens Mr Rutherford, blickt besorgt zum Himmel. Die Regenwolken sehen jetzt fast schwarz aus.

»I am sure your family will be here in a minute!«, sagt er nervös.

Cookie kaut gestresst an ihren Fingernägeln. Dann, ohne Vorwarnung, geht ein Wolkenbruch auf uns herunter.

»Goodness!«, ruft Mr Rutherford erschrocken. Wir fliehen wieder in den Bus.

»It's raining cats and dogs! And it was such a nice day this morning!« Mr Rutherford sieht überrascht aus.

Ein einsamer Inder rennt im strömenden Regen über den Platz. Wenigstens hat er einen Turban auf dem Kopf. Dann kommt er plötzlich auf unseren Bus zu. Wahrscheinlich will er sich unterstellen. Er redet mit Mr Rutherford und Silke sieht zu uns.

»Cornelia!«, ruft sie dann. Keiner von uns reagiert.

»Hey, du bist gemeint!« Ich tippe Cookie an die Schulter.

»Was?« Sie blickt verwirrt zu mir.

»Cornelia, this is Mr Patel, the father of your host family!«

»Nice to meet you!« Mr Patel kommt auf uns zu.

Cookie starrt ihn entgeistert an.

»Aber ...«, krächzt sie. Ich gebe ihr einen unsanften Stoß. Briten sehen nicht immer europäisch aus, das hat sie wohl auch vergessen nachzuschlagen.

Mr Patel greift freundlich nach Cookies alberner Kosmetiktasche und will ihr auch noch die Tasche mit dem Schwarzwälder Schinken abnehmen. Zögernd lässt sie diese los, offenbar gibt sie ihr herrliches Gastgeschenk nur ungern aus der Hand.

»Thank you«, sagt sie dann hastig. Sie trippelt hinter ihm her, aus dem Bus in den sturzbachartigen Regen hinaus. Es sieht nicht so aus, als ob Mr Patel mit dem Auto hier ist. Geschweige denn mit einer Kutsche, wie es die romantische Cookie wohl am liebsten gehabt hätte!

Und dann, als ich schon glaube, dass wir in dem muffigen Bus übernachten müssen, kommt eine Frau gemütlich die Straße entlangspaziert. Sie trägt eine Wachsjacke und hat einen braunen Schlapphut mit Samtblumen auf dem Kopf. In aller Seelenruhe schnipst sie ihre Zigarettenkippe vor der Tür in eine Pfütze.

»Looks like I'm a bit late?«, fragt sie verwundert, als sie zum Bus kommt. Ihre nassen, blonden Haare quellen wie Algen unter ihrem Hut hervor und an den Füßen trägt sie riesige schlammige Gummistiefel. Vielleicht kommt sie gerade von einer Baustelle? Aber der Hut! Sie nimmt ihre beschlagene Brille ab, wischt ein bisschen mit dem klitschnassen Jackenärmel darauf herum und betrachtet uns interessiert. Es kann nicht sein. Es darf nicht sein!

»Marleen and Ella – meet Mrs White, your host for the next three weeks!« Silke blickt uns auffordernd an.

»Hello!«, sagt Mrs White. »Fabulous weather, isn't it?« Sie gibt ein Geräusch von sich, das wie das abgehackte Rufen eines Esels klingt. Ich glaube, sie lacht.

Ella und ich stehen da wie Hänsel und Gretel. Sollen wir wirklich, allen Ernstes die nächsten drei Wochen unseres jungen, zarten Teenagerlebens bei dieser seltsamen Frau verbringen? Das volle Brett fällt mir wieder ein. Die Höhlen!

»Hello«, flüstert Ella neben mir.

»Hello«, sage auch ich, aber man hört es kaum.

»Wonderful!« Mrs White macht ein feldherrliches Zeichen und bedeutet uns, ihr zu folgen. Noch im Bus zündet sie sich die nächste Zigarette an. Ella und ich wechseln schnell einen entsetzten Blick.

Und dann folgen wir ihr, denn was bleibt uns anderes übrig?

5

Mrs White stapft mit schnellen Schritten vor uns her. Innerhalb weniger Sekunden sind wir komplett durchnässt.

»Here we are!«, ruft sie gegen den prasselnden Regen an und reißt die Tür von einem dunkelgrünen Landrover auf, der in einer kleinen Seitenstraße geparkt ist. Wenigstens fahren wir irgendwohin und müssen nicht noch weiter laufen. Es ist mir jetzt mehr oder weniger egal, wo wir landen werden – Hauptsache, es ist dort trocken! Mrs White schnappt sich unsere Koffer und schmeißt sie mit einer Kraft, die ich ihr gar nicht zugetraut hätte, in den Kofferraum. Ella und ich huschen nass und frierend auf den Rücksitz. Verstohlen schaue ich mich um, während Mrs White sich auf den Beifahrersitz setzt. Wer wird fahren? Plötzlich macht das Auto einen Satz nach vorn.

»Huch!«, japse ich erschrocken. Natürlich – sie hat das Steuer ja auf der anderen Seite! Im dunklen Chaos des Autos habe ich es gar nicht richtig bemerkt. Neben mir rümpft Ella leicht die Nase. Ein feucht-modriger Geruch herrscht in dem Auto. Ich glaube, er kommt von einer riesigen karierten Decke, die auf dem Fußboden liegt. Überhaupt sieht es in dem Auto aus wie bei Hempels unterm Sofa. Unsere penible Mutter würde einen Anfall bekommen!

»Did you have a nice journey?«, erkundigt sich Mrs White.

»Yes«, piepst Ella.

Die Scheibenwischer des Autos rasen wie irre hin und her, um dem Ansturm der Wassermassen standzuhalten.

»Welcome to the British summer!« Mrs White lacht wieder so seltsam, aber ich glaube, das sollte ein Witz sein, und so grinse ich angestrengt mit.

»Haha!« Ella lacht ebenfalls furchtbar künstlich und laut.

»I am sure it will be lovely tomorrow«, sagt Mrs White gut gelaunt.

»Really?«, fragt Ella.

Mrs White nickt beruhigend. »There won't be as much rain.« Ella atmet erleichtert aus.

Wir sind ja schon für Kleinigkeiten so dankbar!

Plötzlich hält das Auto an und Mrs White guckt konzentriert durch die Scheibe. Eine Art riesiges Tor steht vor uns. Hat sie sich verfahren? Hier kommen wir offensichtlich nicht weiter.

Sie drückt auf einem kleinen Kästchen herum und

wartet. Wir warten auch. Nichts passiert. Das unheimliche Gefühl von vorhin kehrt wieder zurück.

»For goodness' sake!«, schimpft Mrs White leise und steigt aus. Ella und ich beobachten, wie sie in ihren Gummistiefeln zu dem Tor stapft, daran herumzerrt und es öffnet. Dann rennt sie schnell zum Auto zurück.

»Stupid gate, it never works«, brummelt sie vor sich hin.

Wo sind wir hier? Ich kann kein Haus erkennen, nicht mal eine Straße! Stattdessen fahren wir durch eine Art Wald, oder …

»Ist das ein Friedhof?«, flüstert Ella und rutscht an mich heran.

»Ich weiß nicht«, flüstere ich zurück. »Auf jeden Fall gibt es hier kein Haus!«

Doch dann sehen wir es.

»Ich glaub, ich spinne!«, sagt Ella.

Ich erwidere nichts. Mein Mund steht offen.

Im ersten Moment denke ich, dass vor unseren Augen ein Schloss erschienen ist. So riesig sieht das Haus aus der Entfernung aus, mit kleinen Türmchen und einer großen breiten Treppe vorn dran. Aber als wir näher heranfahren, sieht es reichlich heruntergekommen aus. Das Mauerwerk ist zerbröckelt, ein Fenster im Obergeschoss ist kaputt und von der großen Eingangstür blättert die Farbe wie ein trockenes Hautekzem.

Aber dennoch – es ist insgesamt mindestens zehnmal so groß wie die Wohnung unserer Eltern!

»Home, sweet home«, sagt Mrs White und hält quietschend an. Es würde uns nicht überraschen, wenn ein buckliger Diener von irgendwoher käme und die Autotür aufreißen würde, aber als nichts geschieht, klettern wir schließlich hinaus.

Ich durchforste mein Gehirn nach einem passenden Kommentar, denn ich habe das Gefühl, wir sollten etwas sagen.

Ella kommt mir zuvor.

»Your house is very …« Sie ringt nach Worten.

»Big«, springe ich ihr bei.

Einen Moment lang sieht Mrs White fast traurig aus.

»I suppose it is«, sagt sie dann. »It is falling apart though.«

»Das Haus geht kaputt«, übersetzt mir Ella leise. Nun, das ist die Untertreibung des Jahrhunderts. Wenn ich die drei Wochen überlebe, ohne dass mir die Dachziegel auf den Schädel fallen, will ich schon zufrieden sein.

In diesem Moment saust aus dem Nichts ein schwarzer Schatten auf uns zu und wie in Zeitlupe erblicke ich ein riesiges braunes Reh, das sich auf mich stürzen will.

»Rover, sit!«, ruft Mrs White und das Reh, das sich in der spärlichen Treppenbeleuchtung als Dogge entpuppt, setzt sich hechelnd vor uns hin.

»The silly dog just wants to play, don't mind him«, erklärt Mrs White. Ich blicke voller Entsetzen auf das Untier vor uns.

»Er will nur spielen, hat sie gesagt!« Ella betrachtet liebevoll den Hund, der wie aufgezogen hin und her springt und mit seinem riesigen Maul gefährlich nahe an meine nackten Zehen herankommt.

Hunde jagen mir Angst ein, obwohl ich es nie zugeben würde.

»Kusch!«, sage ich leise, als ich an Rover vorbeilaufe. Er knurrt böse zurück.

Im Inneren von Mrs Whites Haus kommen wir aus dem Staunen nicht heraus. In der Eingangshalle hängen Gemälde von irgendwelchen Leuten, die eine leichte Ähnlichkeit mit ihr aufweisen. Obwohl sie das Licht angeknipst hat, wirkt alles ein bisschen schummrig. Alte geschnitzte Möbel stehen herum, ein Kronleuchter baumelt gefährlich tief über unseren Köpfen und unzählige Türen gehen nach rechts und links ab.

»I hope you find your way around«, sagt Mrs White und streift sich in Windeseile ihre Regenkleidung ab. Jetzt sieht sie fast wie eine normale Frau um die fünfzig aus.

»We don't really use the upstairs much, except for the library. Your room and a bathroom are downstairs, next to Clive's room. Then we have the dining room, the living room, the reception and my husband's office.«

Mr White! Natürlich, wo ist eigentlich ihr Mann?

»Where is Mr White?«, frage ich.

»He is dead«, antwortet Mrs White.

Oh Gott, wie furchtbar! Warum konnte ich nur meinen Mund nicht halten?

»So … sorry«, stottere ich, aber sie marschiert bereits weiter.

»This is the kitchen, Gareth's room and my bedroom. This is the door to the cellar.« Sie zeigt auf eine seltsam kleine Tür unter der Treppe. »The roof is leaking so don't turn left upstairs, it isn't safe!« Abrupt dreht Mrs White sich um und geht in die Küche. »I'll fix you girls some dinner, you must be hungry.«

Wir sind überhaupt nicht hungrig. Wir stehen unter Schock. Einerseits ist dies das größte Haus, in dem ich je übernachtet habe, einschließlich der Jugendherberge im Sauerland, aber andererseits ist das hier Welten entfernt von unserer Vierzimmerwohnung in der Bahnhofsstraße 4 a. Cookies Geschwätz über den englischen Adel fällt mir wieder ein.

»Glaubst du, dass Mrs White adlig ist?«, flüstere ich Ella zu.

»Warum flüsterst du?«, fragt Ella laut. »Sie versteht dich doch sowieso nicht. Was weiß ich, ob sie adlig ist. Das Haus ist geil!« Ihr Blick streift über die Gemälde in der Eingangshalle. Dort hängt auch eins von zwei kleinen Jungen im Anzug und mit angeklatschten Haaren.

»Bestimmt sind das ihre Kinder«, flüstere ich. Dann fällt mir ein, was Ella gerade gesagt hat, und ich fahre in normaler Lautstärke fort: »Vielleicht sind sie auch tot? Vielleicht ist ihre ganze Familie ausgelöscht worden und sie sind alle im Park da draußen begraben?«

»Du hast sie echt nicht mehr alle«, erklärt Ella. »Komm, wir gehen in unser Zimmer.«

»Warte doch mal!« Aufgeregt zerre ich sie vor ein Bild. Darauf ist ein freundlich blickender, älterer Herr mit Stirnglatze und buschigen Augenbrauen zu sehen. In der Hand hält er ein seltsames, gläsernes Messgerät.

»Ha! Ich hatte recht! Wenn das Cookie wüsste!«

»Wenn Cookie was wüsste?« Ungerührt betrachtet Ella das Bild. »Dass hier mal ein Mann ohne Haare und mit Fieberthermometer in der Hand gemalt wurde?«

Es ist nicht auszuhalten, wie schwer von Begriff Ella manchmal ist.

»Da!« Ich zeige mit dem Finger auf die Inschrift unter dem Bild. »Baron William White 2001!«

»Das ist Mr White?!« Endlich ist die Neuigkeit auch in Ellas unterentwickelte Gehirnwindungen vorgedrungen.

»Nicht nur Mister, Baron!« Erwartungsvoll sehe ich sie an.

Ellas Gesicht bleibt ausdruckslos wie das einer Schaufensterpuppe.

»Baron«, sage ich wieder. »Baron, wie …«

»Münchhausen?«, fragt Ella vorsichtig.

Ist sie wirklich mit mir verwandt? Manchmal bezweifle ich das.

»Meine Güte, das heißt, dass er adlig ist! Und Mrs White ist demzufolge auch adlig, sie ist dann eine …« Ja, wie genau heißt eigentlich die Frau eines Barons? Vielleicht »Lady«, so wie »Lady Diana«? Ich muss unbedingt Cookie fragen!

»Wow! Wir sind bei einer Herzogin zu Gast oder so was? Oder Gräfin? Was bedeutet das denn eigentlich?« Ella hat Feuer gefangen und trippelt aufgeregt hin und her. »Das muss ich Guido erzählen.«

Sie schiebt ihre schwere Tasche in unser Zimmer hinein.

Das Zimmer ist eigentlich ein halber Ballsaal, nur ohne die Festbeleuchtung. Schwere Samtgardinen hängen vor dem Fenster und ein großer Kamin reißt sein schwarzes, kaltes Maul auf. Ella schmeißt sich sofort auf das große Bett neben der Tür.

»Meins«, sagt sie schnell. Ich muss also das andere Bett nehmen, das am Fenster. Ich lüpfe den Vorhang, aber draußen ist tiefschwarze Nacht, ohne jegliche Straßenbeleuchtung. Ella versucht, Guido anzurufen.

»Akku ist alle«, sagt sie ärgerlich.

»Da ist eine Steckdose.« Ich zeige auf ein Loch in der Wand. Ella beäugt es misstrauisch.

»Die haben hier anderen Strom, glaube ich. Hat Guido gesagt.«

»Na, der muss es ja wissen!«

»Morgen holen wir einen Adapter«, beschließt sie.

Morgen, wenn wir in die Sprachschule gehen und vielleicht Torquay erkunden können. Irgendwie bekomme ich da sogar ein bisschen Lust drauf. Hoffen wir, dass das Wetter besser wird.

»Ich geh mal duschen.«

Als ich vor die Tür trete, kommt Rover schnüffelnd angelaufen. Sofort gehe ich rückwärts ins Zimmer zurück und mache schnell die Tür zu.

»Na, das ging ja fix«, sagt Ella, ohne aufzublicken.

»Draußen vor der Tür sitzt das Monster!« Ich flüstere vor Aufregung schon wieder.

»Wer?« Ella guckt endlich hoch.

»Der riesige Köter!«

»Du meinst den süßen Hund von vorhin?«

»Ella, er hasst mich! Er hat vorhin geknurrt, als ich lediglich an ihm vorbeigelaufen bin. Ich geh da jedenfalls nicht raus!«

Ella steht auf, klappt ihr Handy zu und geht los.

»Nicht!«, sage ich, doch da öffnet sie schon die Tür.

»Braver Rover«, sagt Ella und tätschelt dem Hund

den Kopf. Gleich wird er ihre Hand abbeißen. Wie soll ich das unseren Eltern erklären?

»Gutes Hundchen! Ja, wer ist denn hier ein guter Hund? Roverchen, nicht wahr? Braver, guter, lieber Rover!«

Ella knuddelt den Hund, als wäre er schon seit ihrem zweiten Lebensjahr ihr ständiger Begleiter. Ich fasse es nicht!

Jetzt schleckt er auch noch ihre Hand ab.

»Ella!«, rufe ich leise.

Sie redet weiter auf den Hund ein.

»Da wollen wir die Marleen mal vorbeilassen, nicht wahr, Rover? Das dumme Kind hat Angst vor dir, dabei bist du doch so goldig!«

Voller Horror schiebe ich mich an meiner großen Schwester vorbei. Ich hätte nie gedacht, dass sie so ohne Ekel an einen Hund herangeht. Andererseits hat sie ja das Riesenbaby geküsst und ist wahrscheinlich abgebrüht, denke ich mal.

Das Bad ist auf eine altmodische Art elegant, mit geblümelten Kacheln und einem rosa Teppich auf dem Fußboden. Leider gibt es keine Dusche, sondern nur eine Wanne mit verschnörkelten Füßen. Also bleibt mir wohl nichts anderes übrig, als ein Bad zu nehmen. Nach der anstrengenden Fahrt vielleicht keine schlechte Idee.

Schnell ziehe ich mich aus und lasse Wasser ein.

Ich spritze ein bisschen Duschbad hinein und setze mich fröstelnd auf den Wannenrand. Es dauert unendlich lange, ehe die Wanne halb voll ist.

Das Duschbad riecht so vertraut nach unserem Bad zu Hause, dass ich plötzlich furchtbares Heimweh habe – dabei bin ich doch gerade erst angekommen!

Der Regen trommelt an das Fenster und Ella ruft vor der Tür: »Rover, sit!« Wenigstens hat er sie noch nicht angefallen.

»Dinner is ready soon, girls!«, höre ich die Stimme unserer Gastgeberin.

Ich hüpfe schnell in die Badewanne und verbrühe mich am Fuß. Dann tauche ich unter.

Hier liege ich also – Marleen Kaminski, vierzehn Jahre alt und alles andere als vornehm – in der antiken Badewanne von Sehr-wahrscheinlich-Lady White, während vorn in der Eingangshalle sämtliche adligen Urahnen aus ihren Bilderrahmen auf meine ausgelatschten Sandalen hinunterblicken.

Das glaubt mir kein Mensch!

Außer Cookie natürlich. Ich kann es kaum erwarten, ihr morgen davon zu berichten!

6

Am nächsten Morgen werde ich von einem leisen Scharren geweckt. Zuerst weiß ich gar nicht, wo ich bin, doch ein paar Lichtstrahlen kommen durch den Schlitz im Vorhang und dann fällt es mir wieder ein. In Torquay, England! Ella schnarcht in ihrem Bett, von ihr kommt das Scharren also nicht. Vorsichtig öffne ich die Tür und werfe sie sofort wieder zu. Rover sitzt davor und wartet auf seine neue Freundin.

»Ella!« Ich wecke sie unsanft. Verschlafen blinzelt sie mich an, ihre dunklen Haare sind zu einer Art Vogelnest auf dem Kopf zusammengedrückt. Der frühe Morgen ist nicht unbedingt die vorteilhafteste Tageszeit für meine Schwester.

»Was willst du denn?«, fragt sie mürrisch. »Wieso bist du in meinem Zimmer?«

»Unser Zimmer«, korrigiere ich sie. »Du musst den Hund verjagen, ich muss mal aufs Klo.«

»Bin ich dein Babysitter oder was?«, nörgelt sie, erhebt sich aber dann ächzend und geht zur Tür.

»Good morning, Rover! Good doggy!«, begrüßt sie den Hund. Der schmeißt sie vor Begeisterung fast um.

»Wieso redest du jetzt englisch mit ihm?«, frage ich verblüfft.

»Weil er ein englischer Hund ist!«

Darauf fällt mir nichts ein und ich begebe mich ins Bad. Allerdings habe ich meine Zahncreme vergessen, wie ärgerlich. Als ich Lady Whites Schrank durchstöbere, finde ich nicht nur Zahncreme, sondern auch zwei hellblaue Becher. Auf einem steht *Clive*, auf dem anderen *Gareth*. Das sind ihre Söhne, die übrigens noch am Leben sind, wie sie uns gestern Abend erzählt hat. Sie wohnen aber nicht zu Hause, sondern im Internat.

Da haben wir es ja noch ganz gut getroffen – unsere grausamen Eltern schicken uns wenigstens nur für drei Wochen weg! Aber eigentlich bin ich auch froh, das Haus nicht mit zwei hinterlistigen kleinen Jungs teilen zu müssen, die einem Frösche ins Bett legen oder so. Besonders sympathisch sehen die beiden auf dem Bild jedenfalls nicht aus.

»Would you like a crumpet for breakfast?«, fragt mich Lady White, als ich an der Küchentür stehe.

»Yes«, antworte ich mechanisch, obwohl ich keine Ahnung habe, wovon sie redet.

»What about your sister?«

»Yes«, sage ich wieder. Ich kann nur hoffen, dass sich mein Wortschatz ein bisschen erweitert. »Äh, thank you, Margaret!«, füge ich noch schnell hinzu, obwohl es mir ein bisschen schwerfällt, Lady White mit ihrem Vornamen anzusprechen. Aber sie hat gestern Abend gleich darauf bestanden und behauptet, dass das in England so üblich sei und dass außer dem Finanzamt kein Mensch sie mit »Lady« – wie tatsächlich ihr Titel lautet – anrede.

Lady White steht in der riesigen, altmodischen Küche und hantiert mit Pfannen und Tellern. Es riecht nach etwas Gebratenem. Auf dem Tisch befindet sich ein Aschenbecher, in dem eine Zigarette langsam verglimmt. Ich stehe eine Weile herum, dann tappe ich wieder in unser Zimmer zurück.

»Willst du ein *crumpet* zum Frühstück?«, frage ich Ella.

»Ein was?« Ella weiß es also auch nicht.

»Ein *crumpet*. Oder so ähnlich.«

»Kenne ich nicht. Ich kenne nur *trumpet*. Hat sie das gesagt?«

Ich bin mir sicher, dass Lady White *crumpet* gesagt hat, aber Ella bringt mich ganz durcheinander.

»Könnte sein«, sage ich zögernd.

»Wir sollen eine Trompete zum Frühstück bekommen? Warum?«

»Woher soll ich das wissen? Vielleicht ein alter englischer Brauch? Ich überbringe nur die Nachrichten!«

Ella wirft mir einen argwöhnischen Blick zu und seufzt. Wie soll ich es nur drei Wochen lang mit meiner schrecklichen kleinen Schwester aushalten, heißt dieses Seufzen.

Es sind doch *crumpets*, ich wusste es! Das sind einfach runde, schwammartige Brotscheiben mit vielen kleinen Löchern, die man in den Toaster steckt. Sie waren gar nicht mal so schlecht, besser jedenfalls als das Essen gestern Abend. Das hieß *bangers and mash* – Kartoffelbrei mit Würstchen. Die Würstchen schmeckten wie kleine Sandsäcke und quollen immer mehr in meinem Mund auf. Ich konnte sehen, dass es Ella genauso ging, aber da unsere Mutter immer so stolz auf unsere gute Erziehung ist, haben wir die Dinger hinuntergewürgt, denn wir konnten sehen, dass Lady White sich Mühe gegeben hatte. Ich glaube, sie hat noch nicht so richtige Übung mit Sprachschülern.

»You are my first lodgers«, erzählte sie uns. »I hope I am doing everything right. We never had the need to take in lodgers, but now …« Hier hörte sie plötzlich auf zu reden und streichelte geistesabwesend den Bauch der wild gemusterten Teekanne auf dem Tisch.

»This is very beautiful«, munterte ich sie auf und zeigte auf die Kanne.

»And delicious«, nuschelte Ella mit dicken Hamsterbacken, in denen sie offenbar den Wurstbrei versteckt hatte.

»Thank you!« Lady White kam wieder zu sich. »Anyway, I shall try and make this a happy stay for you girls.«

Irgendwie kam es mir vor, als ob sie etwas bedrückte.

Nachdem Ella und ich mehrere crumpets verschlungen haben, bricht Lady White in Eile aus.

»We better hurry, you shouldn't be late on your first day«, treibt sie uns an. »In the afternoon you can take the bus back home. It is number 47, the bus stop is right in front of your school. You have to get off at Worlington Road and just walk up the hill to the house.«

Sie händigt uns ein Schlüsselbund aus und erklärt Ella, welcher Schlüssel für welche Tür ist. Ella nickt eifrig, aber ich könnte wetten, dass sie genauso wenig versteht wie ich.

Vor der Haustür schaut Lady White hoch zum Himmel.

»What a lovely day!«, sagt sie glücklich. Der Himmel ist trübe und sonnenlos, eine Art Dunstglocke hängt über der Stadt. Aber es regnet nicht und wahrscheinlich meint sie das.

Als wir uns wieder ins Auto setzen, befindet sich dort schon jemand.

Rover.

Er liegt auf der karierten Decke und knurrt, als er

mich sieht. Auf dem Beifahrersitz steht ein großer Wäschekorb voller Bücher, die Lady White offenbar aussortiert hat und irgendwohin bringt. Den kann ich nicht einfach wegräumen.

»Guter Hund!«, versuche ich es wie Ella, aber der schlaue Kerl merkt sofort, dass ich vor Panik zittere.

»Good doggy, wonderful doggy«, probiere ich es auf Englisch, aber Rover hechelt nur und beobachtet mich misstrauisch.

»Rover, move!«, herrscht ihn Lady White an und siehe da – er schiebt sich ein bisschen weiter, sodass ich einsteigen kann.

»You don't mind him there, do you?«, fragt Lady White.

»No«, sagt Ella, genau in dem Moment, in dem ich »Yes« sage.

»He is only a puppy, you know. Quite playful, wouldn't harm a fly!«

Pah, er könnte keiner Fliege was zuleide tun – sie kann sagen, was sie will, ich habe Angst vor dem Vieh. Und wenn er noch ein Welpe ist, bedeutet es, dass er noch größer werden wird! Ella dagegen ist ganz hingerissen. Wahrscheinlich erinnert sie sein ergebener Hundeblick an Guido.

Wir fahren durch verwinkelte Straßen, vorbei an weißen Häusern, die alle irgendwie gleich aussehen. Ich sehe sogar eine Palme, die in dem grauen Wetter wirkt wie ein Eindringling aus dem All.

»Here it is!« Lady White hält vor einem Gebäude, an dem *Language Centre* über der Tür steht.

»I hope you have a nice first day, girls!« ruft sie. Noch während sie wendet, schiebt sie sich eine Zigarette in den Mund. Ich glaube, sie hat nur aus Höflichkeit gewartet, bis wir ausgestiegen sind. Vor dem Haus warten schon die anderen, sie albern herum, als hätten sie sich zu einer ausgelassenen Party eingefunden. Cookie winkt mir begeistert zu.

In diesem Moment beginnt es wieder zu regnen.

7

Nachdem Silke uns über den Ablauf der nächsten Tage informiert hat, beginnt der Unterricht. Unser Lehrer heißt Matt und scheint eigentlich ganz nett zu sein. Auf jeden Fall ist er jung und voller Elan und stört sich überhaupt nicht an unseren rudimentären Englischkenntnissen. Freundlich beantwortet er jede auch noch so dämliche Frage.

»Your English is already better than my German will ever be!«, hat er uns gleich zu Anfang erklärt, und wo er recht hat, hat er recht. Alles, was er auf Deutsch sagen kann, ist »Apfelstrudel«. Das ist ja nun wirklich nicht besonders beeindruckend und so fühle ich mich nicht ganz so blöd. Auf Französisch kann er nur »merde« sagen, was die Franzosen durchaus erfreut, und auf Japanisch gar nichts. Die Japaner scheinen das gewohnt zu sein. Sie lächeln ihn trotzdem freundlich an. Heute früh hat man nämlich alle Nationalitäten der Sprachschüler durcheinandergewürfelt und auf drei Gruppen verteilt. Italiener sind allerdings keine angereist. Das überrascht mich nicht, wenn ich so in den trüben Himmel hinausschaue. Matt redet extra langsam und deutlich, damit wir ihn verstehen können. Verstehen ist gar nicht so schwer. Selbst etwas sagen zu müssen ist viel schlimmer. Die englische Aussprache zwingt einen irgendwie, den Mund albern zu verrenken.

»You put your tongue slightly on your front teeth, like that«, demonstriert er uns. »The, the, the!«

Es klingt wundervoll, wenn er es macht, richtig englisch. Aber dann sind wir dran.

»Ze, ze, ze«, versuchen es die beiden Mädchen, die im Bus hinter mir saßen und sich auf der Fähre Sascha geschnappt haben.

Sie heißen Anna und Susanna und lachen bei jeder Gelegenheit. »Sse, sse, sse«, kommt es von Sascha und seinen zwei Freunden aus der ersten Reihe zurück. Es klingt wie ein Ritual verfeindeter Stammesmitglieder.

Anna und Susanna kichern. Sie tragen identische blaue Sweatshirts, auf denen »Reitverein Porstendorf an der Saale« steht. Ich glaube, sie versuchen mit allen Mitteln, Saschas Aufmerksamkeit zu erregen. Nicht ohne Grund, denn er sieht eindeutig am besten von den deutschen Jungs aus. Ein paar Franzosen und Japaner sind auch ganz süß, aber mit denen könnte ich mich nur anschweigen, Baguette essen oder Mangas malen. Saschas Freunde sind eher nicht so mein Fall.

Aber wenigstens sind sie gut drauf, im Gegensatz

zu Konstantin, dem Langenscheidt-Bubi. Er hat ungefähr zweihundert Wörterbücher auf seinem Tisch gestapelt und gibt jedes Mal ein verächtliches Schnaufen von sich, wenn jemand einen Fehler macht.

»Fe, fe, fe«, spuckt Cookie mich an. Sie hat sich sofort neben mich gesetzt, weil wir ja »Freundinnen« sind. Seit ich ihr von Lady Whites Stammbaum erzählt habe, ist sie mir nicht mehr von der Seite gewichen. Erst dachte ich ja, dass Cookie vor Neid platzen wird, aber sie hat sich einfach nur wahnsinnig für mich gefreut. Sie hat mir auch genau erklärt, was ein Baron ist. Es ist eine von mehreren Adelswürden in England. Außerdem gibt es noch Earls und Dukes und alle möglichen anderen Titel, die sich kein Mensch außer Cookie merken kann. Auf jeden Fall werden sie heute meistens mit Lord oder Lady angeredet – außer sie sind jemand wie unsere Lady White, die darauf besteht, Margaret genannt zu werden. Ich muss zugeben, dass ich nicht so bescheiden wäre. Was für ein Genuss es wäre, wenn das Riesenbaby oder Mrs Kupfer mich mit »Lady Kaminski« ansprechen müssten!

»Ich muss euch unbedingt mal besuchen kommen«, flüstert Cookie mir jetzt zu.

»Ich dich auch!«, flüstere ich zurück.

Mit ihrem Gastgeschenk lag sie komplett daneben. Die indische Familie isst kein Schweinefleisch, eine Tatsache, die Cookie erstaunlich gleichmütig hinnimmt.

»Sie sind Sikhs, die essen so was nicht«, erklärt sie mir.

Erst jetzt bemerke ich, dass ihre Arme von einem exotischen braunen Muster überzogen sind.

»Was ist das denn?«, frage ich sie verblüfft.

»Henna!«, sagt sie stolz. »Die Inder malen sich damit Muster auf die Arme, wusstest du das? Warum sie das tun, habe ich nicht ganz kapiert, aber das ist ja auch egal. Schick, nicht? Außerdem hat Mr Patel unter seinem Turban ganz lange Haare! Das sieht total cool aus! Sie haben auch eine Tochter, die Ananya heißt und genauso alt ist wie ich! Sie sieht wunderschön aus. Sie hat mir auch die Henna-Motive gemalt. Heute Abend gibt es etwas, das Tandoori heißt. Also, ich brauche den Schinken nicht mehr, willst du ihn?«

Sie holt kurz Luft und hebt den kindskopfgroßen Folieklumpen aus ihrer Tasche. Ich fasse es nicht. Sie hat den Schinken mit in die Schule geschleppt! Ich starre sie mit offenem Mund an. Tandoori! Henna! Sikhs! Cookie schmeißt mit diesen fremdländischen Begriffen um sich, als wäre sie in den Straßen von Bombay aufgewachsen! Wer hätte gestern noch gedacht, dass Cookie bei ihren Gasteltern so glücklich sein würde?

»Would you like some bacon?«, fragt sie Matt. »My Indian family doesn't eat pig.«

»It is ham, not bacon. And pork, not pig«, verbessert Matt automatisch. »Anyway, thank you – but I am a vegetarian.«

Cookie sieht fragend zu mir.

»Na gut, ich nehm ihn mit«, biete ich ihr an, denn in meinem Kopf ist soeben ein exzellenter Plan gereift. Ich werde den Schinken vielleicht noch gut gebrauchen können …

»Well, I'm going to warm you all up a bit with some role play«, verkündet uns Matt nach der ersten Stunde.

»You will pick a card with a name on it and your partner has to find out who you are, okay? Answer only with yes or no!«

Mein Partner ist ausgerechnet Konstantin, der Streber. Er knabbert vor Vorfreude an seinem Stift. Dummerweise wurde gelost, um die Gruppe ein bisschen aufzumischen. »To mix it all up a bit«, wie Matt erklärt hat. Sascha und ich hätten ein wunderbares Gemisch abgegeben, einen spitzenmäßigen Cocktail sozusagen. Stattdessen habe ich lauwarmen Tee namens Konstantin gezogen.

Auf meiner Karte steht *Harry Potter.* Auch das noch.

Über Konstantins Gesicht zieht diebische Befriedigung, als er seine Karte liest.

»Das kriegst du nie raus!«, freut er sich.

»In English!«, ruft Matt.

»Are you a woman?«, frage ich aufs Geratewohl.

»Yes!« Er kichert selig.

Wahrscheinlich ist er Agatha Christie. Die scheint ja in Torquay sehr populär zu sein.

»Do you write books?«, fahre ich gelangweilt fort.

»Yes, yes!« Er zappelt wie blöd auf seinem Stuhl herum. Es ist ganz offensichtlich, dass er Agatha Christie ist. Aber wenn wir zu schnell fertig werden, denkt sich Matt nur etwas Neues aus.

»Are you J. K. Rowling?«, frage ich ihn deshalb.

Beleidigt schmeißt er seine Karte auf den Tisch. »Du hast nachgesehen, was darauf steht«, schreit er mich an.

»Habe ich nicht!«

»Und wieso hast du es dann so schnell herausgefunden?«

»Weil es total einfach war!«

»Calm down, you two!« Matt nähert sich mit schnellen Schritten. »What's the matter?«

»She secretly read my card!«, sagt Konstantin böse.

»She did?« Matt schaut mich amüsiert an. »Are you really a cheater?«

»No!«, sage ich ärgerlich. Wie kann man sich nur wegen einem sinnlosen Spiel so aufregen!

»Maybe she is just good at guessing? See if you can beat her!« Matt klopft Konstantin beruhigend auf die Schulter und geht weiter.

Konstantin sitzt auf seinem Stuhl und scharrt wie ein Pferd. Lauernd sieht er mich an.

»Who are you?«

»Ich darf nur mit *Yes* und *No* antworten.«

»Are you a woman?«

»No.«

Er macht halblaut weiter, wie bei einem hoffnungslosen Fall.

»So she is a man …«

»No«, sage ich.

»Willst du mich verarschen?«, fragt er und wird schon wieder so rot im Gesicht.

»I am not a man and I am not a woman«, erkläre ich. Ich bin schließlich ein Junge, Harry Potter.

Wir fixieren uns eine Weile lang voller Widerwillen. Mit diesem Knaben werde ich noch viel Freude haben, das steht fest.

»I am the Queen!«, jubelt Cookie gerade laut. Sie konnte sich offenbar nicht mehr beherrschen. Matt guckt auf die Uhr.

»Are you an animal?«, fragt Konstantin jetzt. Die anderen sind schon alle fertig.

»I am Harry«, flüstere ich entnervt.

»You are hairy?«, fragt er. »You are a hairy animal?«

»Harry!«, zische ich.

»A spider? Or wait – a bear?«

»I am Harry Potter!«, brülle ich ihn an. Um uns herum verstummen die Gespräche. Ungläubig sitzt Konstantin da.

»She is a shitter!«, beschwert er sich laut.

»Cheater«, verbessert Matt.

Wir machen eine Pause.

In der Sprachschule gibt es sogar Internet, wer hätte das gedacht!

Ella hat bereits dreizehn E-Mails von Guido. Ich werfe kurz einen Blick darauf. *Warum schreibst du nicht, mein Muckelchen?*, kann ich gerade noch lesen, dann hält sie schnell die Hand auf den Bildschirm.

»Hau ab!«

»Muckelchen!« Ich lache heiser und höhnisch und klicke meine eigene Post an. Viel ist es nicht, nur ein Gruß von meinen Eltern und eine E-Mail von Tanja. Sie schreibt:

Huhu Marleen,
sitze gerade im Strandcafé, du weißt doch, das mit den gestreiften Sonnenschirmen und dem Pistazieneis. Meine Mutter hat mir ihr Laptop dagelassen, es stört sie beim Kochkurs. So kann ich dir schreiben, ist das nicht klasse? Es ist dermaßen heiß hier, du glaubst es nicht! Ich habe schon einen Sonnenbrand auf der Nase, obwohl ich erst seit zwei Tagen hier bin! Ich hoffe, ich fange nicht an, mich zu schälen, denn morgen ist hier Party angesagt. Bei einem Kumpel von Francesco, die haben eine Villa oben am Berg. Was soll ich nur anziehen?

Der Kumpel heißt übrigens Marco und ist sausüß!!!
Ich glaube, ich gehe nur in Bikini und Strandkleid, wir werden ja sowieso nur im Pool sein.
Ciao Bella!
Deine Tanja

PS: Wie sind die Jungs in England?

Mein Blick löst sich vom Computer. Konstantin sitzt in der Ecke und spielt Schach online. Ein paar andere Jungs aus dem Kurs sehen sich gemeinsam ein Buch über die Sehenswürdigkeiten in Torquay an. Sascha ist nicht zu sehen.

Die Worte aus Tanjas E-Mail brennen mir in den Augen.

Sonne! Strandcafé! Eis! Party! Bikini!

Ein dicker Regentropfen quält sich langsam die Fensterscheibe hinunter.

»Gewonnen!«, ruft Konstantin und schmeißt seine Faust in lautlosem Jubel in die Luft. Dabei verrutscht seine Brille und verhakelt sich unter seiner Nase. Er sieht aus wie ein wahnsinniger Professor.

Wie die Jungs in England sind?

Hi Tanja,
die Jungs aus unserer Gruppe sind wie Neandertaler (außer einem ☺), in unserem Haus wohnt der Hund von Baskerville, der mich nicht ins Bad lässt. (Was wohl

auch nicht nötig ist, da es ohnehin dauernd regnet.) Ella würde ich gern zur Adoption freigeben.
Sonnenbrand ist immer noch besser als dieses dauernde feuchte Gesprühe im Gesicht. Habe ich was vergessen? Ach ja, wir wohnen bei einer echten Lady – ungelogen!
Ansonsten: Party? Sonne? What's that?
Neidisch,
Deine Marleen ☹

8

Ein schrecklicher Verdacht steigt in mir auf. Ich glaube, meiner Schwester gefällt es hier! Oder wie sonst ist es zu verstehen, dass sie nach der Schule unbedingt mit den anderen mitgehen will, um *fish and chips* an der Strandpromenade zu essen?

»Sei doch nicht so lahm!«, sagt sie zu mir. »Wir können doch ein bisschen die Stadt erkunden oder willst du alleine wieder zurück zu Lady Whites Haus? Und zu Rover?«

Nun, zu Rover möchte ich nicht unbedingt alleine nach Hause, das weiß sie ganz genau! Außerdem bin ich neugierig auf Cookies indische Freundin, mit der sie sich in einer Stunde trifft, um die Stadt anzusehen. Fast beneide ich Cookie. Ich hätte auch gern eine gleichaltrige Freundin, um durch die Straßen zu stromern. Aber alles, was ich habe, ist meine fiese Schwester, und die zählt nicht, da sie mir nichts Neues mehr zu sagen hat.

Fast alle aus dem Kurs schließen sich an. Silke hat

uns heute früh bei der Einweisung erzählt, wo es die besten *fish and chips* gibt. Zwar hat Lady White uns ein Lunchpaket mitgegeben, aber wenn ich ehrlich bin, sieht das dreieckige, schlappe Sandwich nicht so einladend aus. Ein einsames Salatblatt lugt daraus hervor. Lady White hat erst vor kurzer Zeit angefangen zu kochen, das hat sie uns erzählt. Früher hat sich jemand namens Dorothy darum gekümmert.

Mürrisch folge ich der deutschen Austauschherde durch die Stadt. Wir kommen an vielen schicken Hotels vorbei. Torquay sieht wirklich ein bisschen tropisch aus, mit all den weißen Häusern und den Palmen. Je mehr wir uns dem Hafen nähern, umso lauter hören wir die Möwen kreischen. Und dann plötzlich sehen wir das Meer. Lauter kleine Boote schaukeln sanft auf den Wellen, es riecht nach würziger Meeresluft und ein bisschen nach Fisch. Beim Anblick des glitzernden Wassers bekomme ich richtige Badelust. Wenn hier die Sonne scheint, ist es bestimmt ganz nett. Aber die Sonne scheint eben nicht!

Cookie läuft neben mir und begeistert sich für die vielen Antiquitätengeschäfte. Immer wieder bleibt sie stehen und drückt ihre Nase an den Schaufenstern platt. Dann muss sie unbedingt durch die vornehmen Shopping-Arkaden laufen. Weiß und elegant wölben sie sich über unseren Köpfen. In den kleinen Boutiquen liegen die herrlichsten Dinge und ich lasse mich schließlich von Cookies Begeisterung anstecken.

»Guck mal, sieht das nicht edel aus?«, ruft sie entzückt und zeigt auf eine Spieluhr aus Porzellan mit winzigen Püppchen darauf. »Ich wette, das stammt noch von Queen Victoria!«

»Lady White hat das ganze Haus voll solcher Sachen«, gebe ich an.

»Echt? Ihr habt es so gut! Bestimmt ist sie auch wahnsinnig reich, meinst du nicht? Und garantiert kennt sie auch einen Haufen anderer Lords und Ladys, vielleicht sogar jemanden Berühmtes!«

»Vielleicht.« Ich schaue mich suchend um. Wir haben die anderen aus den Augen verloren.

»Weißt du, wo wir langmüssen?«, frage ich Cookie.

Sie löst sich nur ungern von ihrem Schaufenster.

»Was?«, fragt sie und blinzelt verwirrt.

Na wunderbar. Ich bin gerade mal einen Tag in England und schon habe ich mich verlaufen!

»Weißt du noch, wie der Laden hieß?«, frage ich sie.

Und obwohl Cookie die Namen aller Mitglieder des Königshauses in ihrem Kopf gespeichert hat und bereits Spezialistin für indische Kultur ist – das hat sie sich natürlich nicht gemerkt.

Wir stehen eine Weile herum wie bestellt und nicht abgeholt. Dann nehme ich all meinen Mut zusammen und trete einem vorbeihastenden Mann in den Weg.

»Excuse me!«, rufe ich laut. Überrascht bleibt er stehen.

Im ersten Moment denke ich, dass dieser englische

Schauspieler vor mir steht, auf dessen Namen ich gerade nicht komme. Aber das kann nicht sein, der Typ hier ist eindeutig jünger, kaum älter als wir. Er sieht umwerfend aus. Strubblige blonde Haare, blaue Augen, verschmitztes Lächeln. Er trägt eine tolle Lederjacke, ein schwarzes T-Shirt mit einem mir unverständlichen Slogan und Retrosneakers. Die meisten Jungs, die wir kennen, bestehen nur aus Röhrenhosen und kapuzenvermummten Köpfen. Cookie starrt ihn mit offenem Mund an. Ich wette, sie überlegt, ob sie ihn schon mal im *Hello!*-Magazin gesehen hat.

»Do you know where the fish and chips shop is?«, frage ich ihn endlich.

Er sieht verblüfft aus. Wahrscheinlich hat ihn mein ausgezeichnetes Englisch ganz aus der Bahn geworfen!

»Which one?«, fragt er dann.

Welcher Fish-and-chips-Laden? Ja, wenn wir das wüssten, hätten wir ihn ja nicht angehalten!

»At the harbour«, meldet sich Cookie.

»There are at least ten of them at the promenade!« Er betrachtet uns neugierig, wie eine interessante Spezies, die ihm noch nie über den Weg gelaufen ist. Da fällt mir noch eine nützliche Information ein.

»It is the best one!«, sage ich.

»Ah«, sagt er erleichtert. »That would be the *Harbour Fish Café*! I am going that way too, I can take you there!«

»Thank you, thank you!« Wir bedanken uns überschwänglich. Was für ein netter Typ!

»Are you related to Robert Pattinson?«, platzt Cookie heraus. Genau! Der war es, an den ich denken musste.

Der Typ lächelt amüsiert. »I know what you mean. I get that a lot. But, sorry – I am not. Wish I was.«

»You look just like him«, mache ich mich bemerkbar. Er soll nicht annehmen, dass Cookie die Einzige ist, die sich in der Welt der Stars auskennt. Wie charmant er ist. Und so bescheiden!

Nach einer Weile kommen wir zur Strandpromenade und riechen schon das heiße Öl. Vor dem *Harbour Fish Café* drängen sich die anderen aus dem Kurs.

»Where are you girls from?«, fragt uns unser neuer Begleiter.

»Germany!«, antworten wir beide gleichzeitig.

»Are you here on holiday?«

»We are language students«, erklärt ihm Cookie stolz.

»Really? What for? Your English is fabulous!«

Cookie und ich strahlen ihn an.

»I am Steve, by the way.«

Neugierig sehen die anderen zu uns herüber – allen voran Sascha. Er sitzt gleich mit drei Mädchen an einem Tisch! Sie stecken die Köpfe zusammen und tuscheln. Susanna hält ein Stück Backfisch in der Hand und gestikuliert damit aufgeregt in unsere Richtung. Ja, ratet nur, wen wir da wohl aufgegabelt haben!

Cookie steuert auf einen freien Tisch zu.

»Ich koste nur mal von dir«, sagt sie. »Mrs Patel hat gestern so viel gekocht, da platze ich heute Abend sonst noch!«

Überraschenderweise lässt sich Steve neben ihr auf einem Stuhl nieder. Nun, ich bin die Letzte, die etwas dagegen hat.

»Can I have some Fish and Chips, please?« Konstantin steht gerade vorn. Stolz nimmt er einen Packen Zeitungspapier in Empfang, in dem sein Essen eingewickelt ist.

Dann bin ich an der Reihe.

»Salt and vinegar?«, fragt mich der Mann hinter dem Verkaufstresen.

Vinegar? Was ist *vinegar*? Haben die anderen das auch bekommen?

»Yes!«, sage ich mit fester Stimme. Der Mann spritzt eine Ladung von irgendwas auf die Pommes, das gar nicht gut riecht.

Den Geruch kenne ich, komme nur nicht drauf, woher. Ich nehme mir ein Stück Chip und beiße herzhaft zu.

Essig! Der Typ hat Essig auf mein Essen geschüttet! Entsetzt spucke ich das Stück wieder aus.

»Marleen, du bist dermaßen eklig!«, sagt Ella. Peinlich berührt sieht sie sich um.

»Da ist Essig drauf! Wie kannst du das essen?«

»Schmeckt doch lecker!«

»Really British!« Konstantin gesellt sich zu uns, sein Mund glänzt vor Fett. Er frisst wie ein Schwein.

Von dem Geruch wird mir übel. Aber es ist nicht nur das.

Jetzt, wo sich auch noch Ella mit meinen Feinden verbündet, fühle ich mich so allein auf der Welt!

Etwas abseits von den anderen sitze ich mit Cookie und Steve an dem kleinen Tisch. Sie mag die essigsauren Pommes ebenfalls nicht. Steve hingegen langt ordentlich zu.

»Do you live in Torquay?«, fragt er uns.

»I live with an Indian family in Torquay. They are very nice. I love the Indian food!« Cookie wirft einen kurzen Blick auf die matschigen Pommes. »English food is spectacular too!«, sagt sie dann lahm.

»What about you?«, wendet sich Steve an mich.

»I live with a real Lady!«, platze ich heraus.

»Really?«, fragt Steve beeindruckt. »You mean she is really aristocratic?«

Ich nicke lässig. Und scheinbar unbeeindruckt.

»Well, good for you!« Steve nimmt sich eine Zigarette. »Ciggy?« Er hält mir die Zigarettenschachtel hin.

»Oh, no thanks. I don't smoke.«

»I used to know quite a cool guy at school, he was the son of some Lord too«, sagt Steve und bläst sein Streichholz aus.

Cookie beugt sich gespannt nach vorn. »Really?«, fragt sie atemlos. »What school?«

»Harringford's. One of the best private schools in the country and a really boring place. No girls allowed.« Hier zwinkert er mir zu. »My parents made me go there.«

»Hast du das gehört, Marleen?«, flüstert Cookie mir zu. Ihre Aufregung in allen Ehren, aber kann sie dieses Adelsgetue nicht mal abschalten?

»Where there some famous people there?« Cookie lässt nicht locker.

»No, not really. And who needs famous people anyway? They are all just boring like that silly American with her dog in her handbag.« Er spreizt die Finger, als ob er eine imaginäre Handtasche trägt. Ich kichere begeistert.

»Paris«, kommt es wie aus der Pistole geschossen von Cookie.

»Who needs lots of money!«, stimme ich mit ein.

»Well, I didn't say that!« Steve lacht.

»Yeah, we didn't say that«, wiederholt Cookie etwas einfallslos.

»I wouldn't say no to a nice big house«, fährt Steve fort. Einen Moment lang scheint er über etwas nachzudenken. Eine Haarsträhne fällt keck über sein linkes Auge.

»She lives in a big mansion!« Cookie zeigt auf mich.

»Does she really?« Steve betrachtet mich plötzlich mit neuem Interesse.

»Yes!« Cookie nickt eifrig. »A big house full of antique things!« Sie gibt so was von an, dabei war sie noch nicht einmal bei mir!

»Lucky girl!«, sagt Steve. Er mustert mich kurz. »Nice necklace«, bemerkt er dann.

Meint er tatsächlich meine Lederkette mit dem kleinen silbernen Peace-Zeichen dran? Cookie ist ganz blass geworden. Sie trägt keine Kette, über die man etwas sagen könnte. Selbst schuld.

»You should try and be a film star too«, schlägt sie ihm vor. »You've got the looks!«

Ich schließe kurz die Augen. Offensichtlicher kann man kaum noch flirten. Holzhammermethode sozusagen. Steve sieht verlegen aus. »I guess I could try!«

»You really do look like Robby!« Cookie betrachtet ihn sehnsüchtig. Ein Doppelgängerspatz in der Hand ist besser als die Robert-Pattinson-Taube auf dem Dach.

Steve lacht und ich lache laut mit. Sascha soll ruhig denken, dass ich mich hier wunderbar mit einem unheimlich gut aussehenden Engländer amüsiere!

»Well, I have to go but I would love to see you again!« Steve steht auf und schnappt seine Tasche. Außerdem hat er noch eine Einkaufstüte, schwarz mit einem goldenen »H« darauf, die ich erst jetzt bemerke.

»Me too, me too!«

Ich wünschte wirklich, Cookie würde ein bisschen zurückhaltender sein.

»I'll be here every lunch time. Maybe we meet again! I would like that.« Damit verabschiedet er sich.

»Haben wir ein Glück!« Cookie sitzt ganz benommen am Tisch.

»Ja«, stimme ich ihr zu. Aber mein Blick flattert bereits davon. Zu Sascha, der jetzt allein am Tisch sitzt und Steve verwundert hinterherschaut.

»Toller Typ«, flüstert Cookie andächtig.

»Ja«, sage ich. Dass ich jemand anderes meine, braucht sie ja nicht zu wissen.

Dann sehe ich ein bildschönes Mädchen mit langen schwarzen Haaren und einem kleinen goldenen Nasenpiercing auf uns zukommen. Sie winkt Cookie fröhlich zu.

»Ananya!«, jubelt Cookie. Plötzlich hat sie mich ganz vergessen. Sie fragt mich auch nicht, ob ich mitkommen möchte, und so schlendere ich missmutig zu Ella hinüber, die sich gerade von Sven erklären lässt, wo sie einen Adapter bekommt.

»Spuck ja nicht wieder dein Essen hierher«, begrüßt sie mich. Die anderen kichern blöd.

Ich sehe sie böse an und quetsche mich auf die Bank.

9

Auf der Busfahrt nach Hause geht der Streit mit Ella weiter. Keiner von uns beiden weiß, wo wir aussteigen sollen. Außerdem gibt es hier keine Haltestellen wie in Deutschland. Die meisten Leute rufen nur »Next stop, driver!«, und dann hält der Bus irgendwo an.

»Sie hat Worlington Road gesagt, ganz sicher!«, behauptet Ella.

»Es war Worlington Hill!«, sage ich. Ich werde mich doch wohl noch erinnern können!

Unauffällig sehe ich mich um. Zwei Reihen hinter uns sitzen zwei gepuderte alte Damen. Riesige Einkaufstüten lagern wie Haustiere zu ihren Füßen. Kurz entschlossen spreche ich sie an.

»Excuse me!«, sage ich höflich. »Do you know where Worlington Hill is?«

»Oh, dear!« Die beiden schrecken aus ihrer Lethargie auf. »I am not sure there is a Worlington Hill. I think there is only a Worlington Road. What do you think, Martha?«

Die Frau namens Martha schüttelt den Kopf. »No Worlington Hill, love! There is only a Worlington Road. It is the next stop!«

»Thank you!« Ich setze mich hin, ohne Ella anzublicken.

»Ich habe recht, wie immer!«, sagt sie. Dann grinst sie auf eine ganz besonders ekelhafte Weise und flüstert: »Love!«

Das gusseiserne Tor steht offen.

Ist Lady White schon zu Hause? Als wir durch den parkähnlichen Garten schlendern, sehe ich oben am Weg einen Mann, der ein Beet beharkt. Ah, der Gärtner. Es riecht nach frisch gemähtem Gras. Der Garten ist wirklich unendlich groß, kein Wunder, dass Lady White jemanden braucht, der ihr hilft.

Der Mann winkt uns freundlich zu.

»Hello! You must be the visitors from Germany!«

»Hello!«, sagen Ella und ich. Er ist schon ziemlich alt, wie wir beim Näherkommen sehen können.

»Are you the gardener?«, frage ich. Im selben Moment beiße ich mir auf die Lippe. Was für eine idiotische Frage!

»No«, sagt er mit todernstem Gesicht. »I am the nanny!«

Ella und ich blicken ihn fassungslos an.

»Joke!«, brüllt er laut und lacht sich bald kaputt. »It was a joke!«

Nun gut, für ihn vielleicht, aber man kann schließlich nie wissen. In Lady Whites Leben scheint alles möglich zu sein.

»My name is Edwin. I've been here over thirty years!«, berichtet er uns. »This used to be a beautiful grand place but now everything is falling apart. Such a shame! But what can Margaret do? Ever since her husband died, she has been trying to hold on to the place but she won't be able to keep it much longer, I tell you.«

Wenn ich ihn richtig verstehe, kann Lady White das Haus nicht mehr instand halten, seit ihr Mann gestorben ist. Wie zur Bestätigung fällt auf der linken Vorderseite ein Fensterladen ab und poltert hinunter. Die Villa Kunterbunt war besser in Schuss als das hier.

»When did Lord White die?«, fragt Ella atemlos. Es ist einfach hochinteressant, was uns der redselige Mann da erzählt.

»About two years ago. What a tragedy!«

»How?«, hauche ich.

»Car crash. He went out to meet with someone about his hobby, he was interested in old ships, you know. Never came back. Terrible!«

Er schüttelt traurig seinen Kopf.

»That was the beginning of the end. Now I do Margaret's garden for free, every little bit helps. That's why she had to take in students as well.«

Der Gedanke scheint ihn zutiefst zu erschüttern. Betroffen stehen wir da. Seit Lady Whites Mann bei einem Autounfall verunglückt ist, geht hier offenbar alles den Bach runter!

»But don't you worry about this, young ladies! Have a nice time here, hey?«

Er fängt wieder an, auf das Beet einzuhacken. Ich blicke schweigend auf den Garten mit den alten Bäumen, unter denen Steinbänke stehen. Die arme Lady White! Wahrscheinlich muss sie bald ausziehen. Deswegen sieht alles so heruntergekommen aus – sie hat kein Geld mehr! Dorothy, die Köchin fällt mir ein. Wahrscheinlich gab es hier früher einen ganzen Haufen Personal, wie im Film! Und jetzt …

… jetzt sitzt die deutsche Austauschschülerin Ella in unserem Zimmer auf dem Fußboden und hat ihr Handy an den Adapter angeschlossen. Davor hat sie Guidos Bild angelehnt und ein Teelicht angezündet. Es sieht aus wie ein kleiner Hausaltar.

»Ist jemand gestorben?«, frage ich.

»Nur weil du keinen Freund hast, brauchst du dich nicht immer über Guido lustig zu machen!« Ella ist nicht zu Späßen aufgelegt.

»Ich bleibe lieber Single, wenn so was wie Guido die Alternative ist, thank you very much!!«

»Ach ja? Ich glaube, du bist nur neidisch. Du warst ja noch nie verliebt, also weißt du gar nicht, wie das ist!«

»Natürlich war ich schon verliebt!«

»In wen denn, bitte schön?«

»In … Francesco!«, sage ich triumphierend. Von meinem momentanen Schwarm braucht Ella nichts zu wissen.

»Phh!«, macht Ella. »So ein bisschen Strandgeflirte zählt nicht. Ich wette, er denkt überhaupt nicht mehr an dich. Habt ihr euch wenigstens geküsst?«

»Na klar!«, trumpfe ich auf. »Und es war toll. Er konnte unglaublich gut küssen. Besser als jeder deutsche Junge.« Ich schließe kurz die Augen, um meinen Worten mehr Gewicht zu verleihen. »So toll!«

»Wir wissen's nun«, sagt Ella säuerlich. Sie ahnt natürlich nicht, dass das mit Francesco nur erstunken und erlogen ist. Einmal hat er mich auf seiner Vespa mitgenommen. Das war wundervoll, weil ich ihn hemmungslos umarmen konnte. Schließlich musste ich mich ja festhalten. Während der leider viel zu kurzen Fahrt habe ich mir vorgestellt, wie er sein Gesicht an mich schmiegen, mich mit seinen dunklen Augen ansehen und dann sanft seine Lippen auf meine pressen würde. Aber dann war die Fahrt zu Ende, er brüllte mir ein vergnügtes »Ciao« zu und das war's. Aber Erfahrungen habe ich trotzdem genug. Mit Tommy Berger, am Anfang der achten Klasse. Wir haben mehrmals hinter dem Liefereingang am Supermarkt herumgeknutscht. Wir wurden richtig gut – bis zu dem Tag, als Tommy seine Spange bekam. Da war dann irgendwie die Luft raus. Na ja, richtig verliebt waren wir eigentlich nicht, nur neugierig. Verliebt war ich in den süßen Marius, der zwei Jahre älter als ich war und in einer Band spielte. Leider ist er vor einem halben Jahr weggezogen. Oder in Lars Brenner, der sich meine Erzfeindin als Freundin erkoren hat. Irgendwie bin ich immer in die verknallt, die mich nicht wollen. Mich wiederum begehren die seltsamsten Typen. Jan Stepinski zum Beispiel, der mir gegen Ende des letzten Schuljahres immer schwülstige Briefe schrieb. Die ich dann unter Lachkrämpfen Tanja vorgelesen habe.

Von Liebe war darin die Rede und von Sehnsucht ohne »h«.

Wahrscheinlich hat Ella recht. Ich gehe wütend aus dem Zimmer.

Jetzt, wo Rover noch mit Lady White unterwegs ist, kann ich mir endlich mal das Haus ansehen. So eine Gelegenheit bietet sich nicht oft im Leben.

Die Zimmer der Jungs sehen aus, als hätte seit zwei Jahren keiner mehr aufgeräumt. Schnell mache ich die Tür wieder zu. Lady White hat ein hellblaues Himmelbett und eine altmodische Frisierkommode. In der Küche bewundere ich die eleganten Teller, die Porzellanfiguren und goldenen Spiegel.

Im Arbeitszimmer des verstorbenen Lord White liegen noch Akten auf dem Tisch, als sei er nur mal schnell aus dem Zimmer gegangen. Ich frage mich, warum Lady White alles so liegen gelassen hat. Auf dem Tisch befindet sich sogar noch ein Notizblock, mit ein paar unleserlichen Krakeln darauf. *Call M.*, kann ich gerade mal entziffern und ein paar Nummern, mehr nicht. An den Wänden hängen Fotos und Gemälde von Schiffen aller Art. In einem Schrank stehen hinter Glas lauter seltsame Geräte, fast wie das, was er auf dem Bild in der Hand hält. Wahrscheinlich waren Schiffe sein Hobby. Hat der Gärtner Edwin vorhin nicht irgend so was gesagt? Ein Foto steht auch dort, von seinen beiden Söhnen Gareth und Clive. Sie sehen furchtbar ernst aus mit ihren kleinen Krawatten um den Hals. Es ist so traurig, dass ich mich gar nicht weiter in dem Zimmer aufhalten will. Ins Obergeschoss gehe ich lieber nicht, Lady White meinte ja, es sei gefährlich.

Dann fällt mein Blick auf die Kellertür. Ohne groß nachzudenken, öffne ich sie und knipse das Licht an.

Da unten sind noch mehr Zimmer! Zögernd gehe ich die Treppe hinunter. Wow! In einem großen Raum steht ein altmodisches Schaukelpferd, umgeben von unzähligen Spielsachen aus früheren Zeiten. Eine Puppe im Rüschenkleid guckt mich vorwurfsvoll aus ihrem einen Auge an. Das andere hängt ein bisschen heraus. Und dann sehe ich auch noch etwas, was mein Herz höher schlagen lässt. Eine altmodische Puppenküche, mit winzigen Töpfen, Tellerchen und einem Backofen! Als kleines Mädchen hätte ich sonst was für so eine Küche gegeben. Ich knie mich hin, um alles genau anzusehen. Es ist so niedlich. Behutsam stelle ich einen winzigen Kochtopf auf den kleinen Herd. Hier sieht mich schließlich keiner. Und noch zwei andere Räume voller Sachen zum Entdecken!

Wer weiß, was ich noch alles finde.

10

Es gibt so viel hier unten zu sehen, dass ich meinen restlichen Sprachurlaub am liebsten im Keller verbringen würde. Im nächsten Raum gibt es nämlich alte Kleider. Aber nicht solche entsetzlichen Teile wie die aus der Jugendzeit meiner Mutter, die sie in einen Koffer auf dem Dachboden verbannt hat, nein – das hier sind echte, tolle Ballkleider und Hüte mit Schleier, wie im Film! Ich halte ein langes dunkelblaues Kleid an meinen Körper. Es hat spitzenbesetzte Ärmel und ist mindestens hundert Jahre alt. In einer Plastikhülle hängt ein bombastisches Brautkleid, luftig wie eine Schneeflocke. Ob es Lady White gehört hat? Ich würde es für mein Leben gerne einmal auspacken, aber ich traue mich nicht. Weil ich an Lady Whites Hochzeit denke, fällt mir auch ihr armer Mann wieder ein. Warum er sich wohl so sehr für alte Schiffe interessiert hat? Andererseits ist es auch nicht seltsamer als die Bierdeckelsammlung von meinem Onkel Bernd. Er hat 278 Stück aus den verschiedensten Ländern. Wenn wir bei ihm zu Besuch sind, holt er sie oft zu fortgeschrittener Stunde heraus und dann betrachten mein Vater und er sie liebevoll.

Nachdem ich noch einen riesigen beigefarbenen Hut aufgesetzt und ein paar enge Stöckelschuhe mit Perlen anprobiert habe, schlendere ich weiter. Etwas raschelt neben mir. Mein Herz fängt wie verrückt an zu klopfen. Eine Maus? Oder etwa eine Ratte? Ich beschließe gerade, lieber wieder hochzugehen, als mein Blick auf eine weitere Tür fällt. Wahnsinn, wie verschachtelt dieses Haus ist.

Die Tür klemmt ein bisschen, doch dann geht sie quietschend auf. Ich bleibe im Türrahmen stehen. Das ist ja ein richtiges Schiffsmuseum! Der Raum ist kleiner als die anderen hier unten, aber voller Vitrinen und Schränke mit allen möglichen Geräten und Andenken und Fotos von Schiffen. Im ersten Moment denke ich, dass jemand in der Ecke steht, aber es ist nur eine Art Büste mit dunkelblauer Uniformjacke und einer Matrosenmütze auf dem Kopf. Die Uniform sieht uralt aus und riecht auch etwas muffig.

Kleine Modellschiffe stehen herum, einige in Flaschen. Ich habe mich schon immer gefragt, wie man so ein Schiff in eine Weinflasche quetscht. Schade, dass ich Lord White nicht mehr fragen kann. Eine Menge Uhren gibt es und eine riesige Kiste, in der eine rostige Kette mit Anker liegt. Was hatte er mit all diesen Dingen vor?

Ich betrachte die Fotos an der Wand. »Tita...«, beginne ich halblaut zu lesen, dann erreicht die ungeheuerliche Nachricht meine Gehirnwindungen. Das ist ein Foto von der Titanic! Eine Sekunde lang betrachte ich still die fröhlichen Leute, die von Bord herunterwinken. Sie haben keine Ahnung, was ihnen bevorsteht ...

Auf einem alten Tisch steht ein Karton, der Deckel ist halb offen, gerade so, als hätte ihn jemand erst vor Kurzem aufgemacht. Und obwohl ich aus etlichen Krimis und Horrorfilmen weiß, dass es nicht die beste Idee ist, in dem dunklen Keller eines alten Hauses eine Kiste zu öffnen, kann ich nicht widerstehen. Vorsichtig lupfe ich den Deckel, mein Gesicht drehe ich dabei leicht zur Seite, falls mich gleich eine Maus anspringt oder winzige Spinnen über meinen Arm laufen. Aber nichts bewegt sich und so wage ich einen Blick.

In der Kiste liegt etwas Goldenes. Etwas, das ich aufgrund meiner mageren Kenntnisse aus dem Geschichts- und Physikunterricht vielleicht als Uhr identifizieren würde. Oder nein, ein Kompass, wie blöd von mir. Es ist ein Kompass, so groß wie ein Fußball. Auf der runden Scheibe hinter dem Glas befindet sich etwas, das wie ein Stern aussieht. Die großen Zacken zeigen die Himmelsrichtungen an – Norden, Osten, Süden und Westen. Die kleinen Zacken dazwischen sind für die Mittelwerte, Südwest und so was. In der Mitte ist ein kleiner Kreis, *Robert Love Greenock* steht darin. Ist das Roberts Kompass? Kurz entschlossen hebe ich das Gerät aus der Schachtel. Es ist schwerer, als ich gedacht hätte. Als ich den Kompass umdrehe, entdecke ich noch eine Inschrift auf der Rückseite. »Bon Voyage, Alert!«, steht da. Und auch noch »With love to George from Mary!«

Hm. Wenn der Kompass für George von Mary war, kann er ja eigentlich nicht Robert gehört haben. Und Lord White hieß mit Vornamen William.

Seltsam. Ein Blatt Papier liegt auch noch in der Kiste. Ein Teil des Textes ist verwischt, wahrscheinlich ist das Blatt nass geworden. Doch ein bisschen kann ich entziffern: »… the ill-fated British Arctic Expedition … HMS Alert under the leadership of Captain George … departed from Portsmouth in … wasteland of ice … suffered from scurvy …«

Irgendeine Expedition hat diesen alten Kompass mit sich geführt. Und George war der Kapitän? Und waren Mary und Robert auch auf dem Schiff?

»Marleen?«

Erschrocken lasse ich beinahe den Kompass fallen. Das ist Ella. Sie klingt leicht panisch.

»Marleen, wo bist du denn?«

»Hier unten«, rufe ich mit dünner Stimme.

»Dich kann man echt keine zehn Minuten alleine lassen!«, schimpft sie. »Was machst du denn da? Bist du verrückt geworden? Komm da raus, Lady White hat gesagt, dass es im Keller gefährlich ist!«

»Das war der Dachboden!«

»Egal!«, schnappt Ella. »Was ist, wenn sie nach Hause kommt, und du wühlst in ihrem Kartoffelkeller herum? Wie stehen wir dann da?«

»Hier gibt es keine Kartoffeln, Ella, hier gibt es tolle Kleider und so einen goldenen Kompass und ein Bild von der Titanic und …«

In diesem Moment höre ich schwaches Bellen. Mist! Rover ist zurück! Ella hat recht – wenn Lady White jetzt nach Hause kommt, stehe ich wie eine drittklassige Spionin hier unten zwischen den Sammelstücken von Lord White. Hastig lege ich den Kompass zurück und laufe die Treppen hoch. In diesem Moment geht die Haustür auf und ein begeisterter Rover stürzt sich auf Ella.

»He loves you so much, it's incredible!«, bemerkt Lady White verwundert.

Rover hechelt besinnungslos vor Glück.

»Hello, Rover«, sage ich matt. Er sieht nicht mal in meine Richtung.

»Did you girls have a nice day?«, will Lady White wissen. Sie trägt eine bodenlange Strickjacke und eine doppelte Perlenkette. Ihre blonden, kinnlangen Haare hat sie heute glatt geföhnt, dadurch wirken sie nicht mehr so sauerkrautartig wie am ersten Tag. Sogar ein bisschen Schminke hat sie aufgetragen. Seit ich um ihre Familienverhältnisse Bescheid weiß, finde ich ihren Kleidungsstil abenteuerlich und beeindruckend. Die langen Ballkleider aus dem Keller sahen bestimmt gut an ihr aus.

»We had a great day!«, erzählt Ella gerade. »We had fish and chips, it was delicious!« Hier sieht sie warnend zu mir. »And I bought an adapter for my mobile phone. I think it is charged now!« Damit verschwindet sie in unserem Zimmer. Ich laufe ihr schnell hinterher, wobei ich einen Bogen um den Hund mache.

Warte nur, monströser, hinterhältiger Rover. Bald wirst du mir im wahrsten Sinne des Wortes aus der Hand fressen!

Es ist nicht zu glauben, aber nach all dem Theater mit dem Adapter hat Ellas Handy hier keinen Empfang. Obwohl mich die Schadenfreude fast umbringt, mache ich ein mitleidiges Geräusch, denn sie sieht konfus und traurig aus.

»Das gibt es doch nicht!«, sagt sie immer wieder. »Wie soll ich denn jetzt mit Guido reden?«

»Man muss ja nicht immer reden«, muntere ich sie auf, aber Ella ignoriert mich.

»So eine Scheiße!«, flucht sie.

»E-Mail?«, schlage ich vor. Ich bemühe mich wirklich, das kann man nicht anders sagen. Ella grunzt nur verächtlich.

»Lady White hat doch auch ein Telefon«, sage ich. Ella sieht mich überrascht an.

»Mensch, natürlich, wieso bin ich nicht gleich darauf gekommen?« Sie stürzt aus dem Zimmer.

Sie ist überhaupt nicht darauf gekommen. Ich bin

darauf gekommen. Ich höre sie mit Lady White verhandeln.

»Of course your boyfriend can call you«, sagt diese gerade. »You can call him too, just keep it short.«

Ella und ein kurzes Telefongespräch, das ist der Witz des Jahrhunderts! Jetzt spricht sie bereits mit dem Riesenbaby, es muss direkt neben dem Telefon gesessen haben. Ella flüstert geheimnisvoll, dann sagt sie auf einmal: »Aber eigentlich ist es gar nicht so schlecht hier.« Offenbar ist Guido mordsmäßig beleidigt, denn ich höre seine Stimme, die leise aus dem Hörer piepst und sich Tausende Kilometer weit entfernt darüber aufregt, dass Ella sich ohne ihn amüsiert.

»Natürlich liebe ich dich noch!«, beteuert sie. »Mein Handy geht nicht, was soll ich denn machen? Bald bin ich ja wieder da.« Sie redet mit ihm wie mit einem Herzkranken, der sich nicht aufregen darf. Dann legt sie auf.

Nach zehn Minuten klingelt das Telefon und Guido ruft noch mal zurück. Lady White lächelt milde und blinzelt mir zu. »Young love«, sagt sie.

Als Guido noch zweimal an diesem Abend anruft, wirkt ihr Lächeln um die Mundwinkel herum langsam ein bisschen verkrampft.

»He must be a very lonely boy«, sagt Lady White zu mir.

»It's because of his haircut«, sage ich.

Ella wirft mir einen bösen Blick zu, aber ich kann ihr ansehen, dass ihr die ständige Rennerei zum Telefon auf die Nerven geht. Das Telefon von Lady White ist nämlich noch ein altmodisches Ding, das an der Wand hängt und mit dem man nicht herumlaufen kann.

Um 23.30 Uhr klingelt es erneut und Lady White geht ran.

»Young man!«, hören wir sie mit fester Stimme sagen. »This is a civilized household where people go to bed early. Please call again at a more suitable time!«

Ich kichere, Ella seufzt leise und dann herrscht Ruhe.

11

Die nächsten zwei Tage verlaufen ohne große Aufregungen, wenn man mal davon absieht, dass das Telefon ununterbrochen klingelt und Lady White den Hörer nur schweigend an Ella weiterreicht.

»Quite persistent, isn't he?«, bemerkt Lady White, aber es klingt nicht wie eine Frage, eher wie eine mitleidige Feststellung.

Ella wird immer maulfauler am Telefon. Einmal höre ich sogar, wie sie Guido anmeckert: »Nun ruf doch nicht dauernd an, das ist ja richtig peinlich!« Und am nächsten Tag behauptet sie sogar, dass Lady White ihr nur drei Telefonanrufe pro Tag genehmigt. Meine Schwester schwindelt, ohne rot zu werden! Da hat sie aber Glück, dass Lady White kein Deutsch versteht.

Am Dienstag üben wir in der Sprachschule, wie man Dinge beschreibt.

»What words can we use to describe things?«, fragt Matt.

»Large, round, practical, square, colourful«, tönt es durch den Raum.

»Lovely«, sage ich und sehe dabei Sascha an.

»Edible«, ruft Sven.

»Exotic«, kommt es von Cookie.

»Faultless«, bemerkt Konstantin und reckt dabei angeberisch den Hals. War ja klar.

Matt beschließt, dass wir den anderen etwas Typisches aus unserem Land beschreiben sollen. Nach einigem Hin und Her einigen wir Deutschen uns auf eine Lederhose. Es war Susannas Vorschlag und so soll sie mal schön versuchen, den anderen zu erklären, was sie meint. Leder oder Hose darf sie nämlich nicht sagen. Ich persönlich kenne ja niemanden, der so ein Ding anzieht, außer kleinen Kindern und alten Männern in Bayern. Genüsslich lehne ich mich zurück und beobachte das sich entfaltende Spektakel.

»It is … practical«, beginnt Susanna, dann stockt sie. Die Japaner beugen sich erwartungsvoll nach vorn, Stifte gezückt. »Practical«, sagt sie gleich noch mal und dreht sich Hilfe suchend zu den anderen um. Haha, warum hat sie auch so ein dämliches Wort gewählt.

»Waterproof«, kommt Sascha ihr zu Hilfe, ganz der Gentleman.

»Umbrella?«, ruft ein französisches Mädchen.

»No, no«, wehrt Susanna bestürzt ab. »You can wear it. It is … wearable.«

Die Franzosen blinzeln verwirrt.

»Raincoat«, sagt einer zaghaft. Susanna schüttelt den Kopf und holt Luft. Noch mal von vorn. »You can wear it here!« Sie klatscht sich mit der Hand auf den Po. Ist das peinlich! Die Japaner zucken erschrocken zurück.

»Sometimes it has flowers on it … and … and with it … you do this.« Sie fängt tatsächlich an, eine Art Schuhplattler zu tanzen. Zum Davonlaufen! Ich kann sehen, wie es in den Köpfen der Japaner und Franzosen arbeitet. Was mag das für ein seltsames Ding sein, das man sich wasserdicht und blumenverziert in Deutschland auf den Hintern schnallt, um anschließend mystische Tänze aufzuführen?

»You know what I mean?«, sagt Susanna hilflos. *You know what I mean* zu sagen hat sich über Nacht wie ein Virus unter uns Sprachschülern verbreitet. Aus gutem Grund. Man kann es eigentlich immer verwenden, wenn man den Faden verloren hat oder nicht weiß, was man sagen soll, das aber nicht zugeben will. Sie ist feuerrot im Gesicht, fast tut sie mir leid, obwohl sie sich immer so an Sascha ranschleimt. Ich beschließe, ihr zu Hilfe zu kommen.

»Small children and old men wear it in Germany«, rufe ich dazwischen.

»Oh!« Die Japaner geben einen Ruf des Erkennens von sich. »A nappy!«

Nappy? Was heißt nappy? Konfus sehen wir uns

an. Ella blättert in ihrem Wörterbuch. »Windel«, gibt sie fassungslos kund.

Na wunderbar. Jetzt haben wir einen Ruf als windeltragendes Volk auf der Welt weg.

Als Hausaufgabe sollen wir am nächsten Tag ein *interesting object* mitbringen und beschreiben. Ich würde ja für mein Leben gern etwas aus dem Keller holen, aber natürlich müsste ich dann zugeben, dass ich da unten herumgeschnüffelt habe. So wende ich mich nur schüchtern an Lady White.

»Margaret, do you have an interesting object I could borrow for school?« Mittlerweile benutze ich die englische Sprache schon viel selbstverständlicher als noch vor ein paar Tagen. Der Kurs scheint tatsächlich was zu bringen.

Lady White sieht überrascht hoch. Sie sitzt am Küchentisch und schreibt irgendwelche Schecks.

»How interesting?«, fragt sie dann.

»I don't really know. Not just a pen or something, I guess.«

Sie überlegt kurz, dann steht sie auf und geht hinaus. Nach einer Weile kommt sie mit einer Pappkiste zurück.

»This belongs to Clive«, sagt sie. »He was always a little bit odd as a young child with an unhealthy interest in weird things. Maybe you find something here.«

»Thank you!« Neugierig beginne ich, in der Kiste zu wühlen. Ein seltsamer Knabe, dieser Clive, da hat sie recht. Die Kiste enthält außer dem üblichen blöden Jungskram und Taschenmessern noch alle möglichen morbiden Objekte. Ein Schneckenhaus, aus dem der Kopf einer Barbie herausschaut. Ein kleiner Totenkopf aus Plastik. Eine leere Sparbüchse in Form eines Miniatursarges – wenn man auf einen Knopf drückt, schnippt eine Knochenhand heraus, auf die man eine Münze legen kann.

Eine alleinstehende graue Socke, die selbst nach ihrer Verbannung in der Kiste noch unangenehm riecht. Ein Beutel Murmeln, ein in Bernstein gefangenes Insekt, künstliche Vampirzähne und ein Haufen Kabel. Ich blättere in einem alten Schulheft. Wie es aussieht, hat der gute Clive gern Comics gezeichnet. Besonders von einem riesigen Typen, ein Mix zwischen Superman und Ritter, auf dessen Brust ein großes »C« gemalt ist. Dreimal darf man raten, wer das sein soll. Ritter »C« kämpft gegen hässliche Monster und gibt lauter schreckliche Geräusche von sich. Doch was ist das? Auf der letzten Seite überreicht Ritter »C« eine Blume an etwas, das offenbar eine feine Dame sein soll. Sie ist viereckig wie ein Toaster und hat ein langes Zeltgewand an, auf dem »M« steht. Ts, ts, ts. Da habe ich wohl die heimliche Liebe vom jungen Lord White entdeckt. Ich kann nur für das arme Mädchen hoffen, dass sie in Wirklichkeit besser aussieht.

»Very interesting«, flüstere ich. Ich entscheide mich für den Totenkopf. Mein Liebling Konstantin wird Augen machen!

»How do you call this?«, frage ich Lady White.

»A skull.«

Skull. Das Wort erinnert mich an dieses andere, komische Wort im Zusammenhang mit dem Kompass und der Expedition. Wie hieß es doch gleich? Scurvy? Ehe ich mich bremsen kann, rutscht mir die Frage heraus.

»Margaret, what is scurvy?«

Lady White nimmt erstaunt ihre Lesebrille ab.

»Excuse me?«

»Scurvy. It's … I read it … somewhere …« Meine Wangen werden heiß. Garantiert ahnt sie jetzt, dass ich in ihrem Haus herumspioniert habe.

»Scurvy is an illness«, sagt sie aber nur. »Sailors used to get it on long journeys. It's caused by lack of vitamin C. People would lose their teeth and eventually die from it.«

Igitt, das klingt ja scheußlich.

»Horrible«, krächze ich. Lady White nickt.

»Not as horrible as those bills«, murmelt sie dann leise und füllt weiter Schecks aus. In diesem Moment klingelt wieder das Telefon.

»Ella!«, rufen Lady White und ich gleichzeitig. Ella schlurft lustlos durch die Eingangshalle.

»Ja?«, schnauzt sie in den Hörer. Doch plötzlich

ändert sich ihr Ton. »Of course, just a moment! Hm?« Sie lauscht konzentriert. »I am Ella, the German student. How … what? I am sixteen. My voice is what?« Sie wird immer schriller. Dann hält sie den Hörer auf Armeslänge von sich, als hätte sie Angst vor einer Explosion.

Lady White schnappt sich das Telefon.

»Yes, it's your mother. I thought it was you! What did you say to the poor girl?«

»Wer ist das?«, frage ich Ella. »Was hat er gesagt?« Sie wirft hochnäsig den Kopf zurück.

»Irgend so ein Typ namens Gareth. Er sagte, meine Stimme sei sexy. Unverschämtheit!« Sie gebärdet sich wie eine Nonne, der man unter den Rock geguckt hat, aber ich kenne meine Schwester zu gut. Sie freut sich diebisch.

»Gareth? Das muss einer von Lady Whites Söhnen sein. Ein Zehnjähriger findet dich sexy, haha!« Lady White spricht immer nur von »the boys« und auf dem Bild sehen sie aus wie vierte Klasse.

Ella schnaubt verächtlich.

»So jung klang der gar nicht mehr.« Dann schaut sie auf die Uhr. »Wir müssen los. Sonst kommen wir zu spät zum Karaoke. Das wäre doch jammerschade!« Sie zupft sich vor dem Spiegel ihre Haare zurecht, beobachtet mich aber, um meine Reaktion zu testen.

Karaoke. Ich hatte es schon ganz vergessen. Ein paar Stunden lang war ich richtig glücklich, denn gestern habe ich nach der Schule lange mit Sascha geredet. Wir sind hinter den anderen über einen kleinen Markt geschlendert und haben ein »Flake« gegessen – Softeis mit einer Schokoladenstange drin. Als ich meine Schokolade vor lauter hastiger Gier fallen ließ, hat er mir seine geschenkt. Und mir außerdem von seinem Fußballtraining, seinem Hund Moritz und seinem schönsten Weihnachtsgeschenk (sein Hund Moritz) erzählt. Das macht ein Junge doch nicht ohne Grund, oder? Aber jetzt ist meine gute Laune mit einem Schlag vorbei. Wenn es etwas gibt, das ich noch mehr hasse als sabbernde Hunde, dann ist es Singen vor anderen Leuten.

Als wir den Parkweg entlanglaufen, fällt mir auf, dass der Nieselregen endlich aufgehört hat. Die Pfützen dampfen und die Abendsonne schiebt sich hinter den Wolken hervor und taucht alles in einen freundlichen Schein. Sommer! Es fühlt sich tatsächlich an wie Sommer! Freundlich nicken uns zwei alte Leute zu, die einen Hund spazieren führen.

»Ich hätte auch gerne einen«, sagt Ella.

»Was?«

»Einen Hund!« Sie zeigt auf den kläffenden weißen Terrier, der gerade am Straßenrand haltmacht.

Schweigend sehen wir zu, wie der Mann mit einer kleinen Schaufel die Hundekacke aufkratzt und in eine Tüte packt. Die Frau entsorgt sie sogleich in eine kleine Mülltonne am Straßenrand. Der Mann winkt uns munter mit seiner Schaufel zu. »Lovely day, isn't it?«, ruft er glücklich. Dann schlendern sie weiter.

Ella guckt dem Ehepaar leicht benommen hinterher.

»Na, dann kauf dir schon mal so ein Ding!« Ich gluckse vor mich hin.

Die Busfahrt schaffen wir mittlerweile problemlos, wir steigen sogar eine Station eher aus, weil Ella noch ein bisschen durch die Stadt bummeln will. Bei *Boots* muss sie unbedingt einen Lipgloss im Farbton »Raspberry« kaufen. Und als wir am Kiosk vorbeikommen, gibt sie vor, dringend eine Tageszeitung zu benötigen, aber ich kann sehen, dass sie hastig ein Magazin unter die Zeitung schiebt, auf dessen Titelseite ein Quiz angekündigt ist: *»Is your boyfriend really the one to marry?«*

Wieder kommen wir an den eleganten Geschäften vorbei. Sie sehen aus wie aus einer anderen Epoche. Besonders ein Herrenausstatter mit dunkelgrüner Fassade, an dem über der Eingangstür in goldener Schrift *Harringford's* steht. Der Name kommt mir irgendwie bekannt vor, aber ich weiß einfach nicht, woher. Wahrscheinlich hat Cookie ihn mal erwähnt, vielleicht hat Prinz Charles da ja mal einen Schlips gekauft.

12

Wir treffen die anderen im Klubraum der Sprachschule. Silke trägt einen Cowboyhut und Matt steht heute hinter einer improvisierten Bar und schenkt Drinks aus. Auf einer winzigen Bühne, kaum größer als ein paar Bierkisten, baut ein dicker junger Mann mit Lederweste die Karaokemaschine auf.

»And a one and a two …«, spricht er ins Mikrofon. Ein hoher Pfeifton ertönt und bohrt sich in unsere Ohren.

»Turn it down, Jez!«, brüllt Matt und hält sich die Ohren zu.

»Mal herhören, alle miteinander!« Silke ist auf eine Kiste gestiegen.

»Ich begrüße euch zu unserem Karaoke-Abend und hoffe, dass sich recht viele von euch an das Mikro wagen.«

Pah, da kann sie lange auf mich warten. Ein Mädchen fragt sie leise etwas. Ich glaube, es ist Anna. Silke rollt mit den Augen.

»Nein, deutsche Lieder haben wir natürlich nicht im Programm. Leute, wir sind in England! Traut euch!«

Anna sieht enttäuscht aus. *Pferdchen lauf Galopp* ist also out. Fast die ganze Gruppe drängt sich bereits vor der Bühne, als handele es sich hier um die Vorauswahl für »Deutschland sucht den Superstar«. Ächzend lasse ich mich in einen Klubsessel fallen. Nur Ella zuliebe bin ich hierher mitgekommen. Damit sie in ihrem Grübeln über Guido nicht versackt.

Allerdings scheint sie mich gar nicht zu brauchen. Aufgeregt liest sie mit den anderen, welche Songs heute Abend zur Auswahl stehen.

Die französischen und japanischen Studenten aus der Sprachschule schieben sich jetzt in den Raum, gefolgt von ihren Betreuern. Ich entdecke auch Sven und Sascha, Letzterer lässt seinen Blick durch den Raum schweifen. Dann winkt er. Erleichtert winke ich zurück. Bestimmt setzt er sich gleich zu mir. Vielleicht könnte ich heute meine Cola verkippen, um ihm die Chance zu geben, mir seine anzubieten. Aber als er sich seinen Weg durch die Menge bahnt, kommt Susanna angerannt und hält ihn auf. Verdammt noch mal! Jetzt zerrt sie ihn auch noch weg! Er verzieht sein Gesicht zu einem entschuldigenden Grinsen. Na klasse. Ich kann ihm schließlich nicht hinterherlaufen und ihn am anderen Arm zurückschleifen! Dabei ist hier endlich mal ein Junge, der meinem Typ entspricht –

braune Augen, dunkelblonde Haare – *und* sich für mich zu interessieren scheint! Aber es ist müßig, darüber nachzudenken, welchen Typ Junge ich gern hätte, wenn ich wie eine Aussätzige in der Ecke hocke! Meine Laune sinkt ins Bodenlose. Einige aus unserem Kurs haben ihre neuen englischen Freunde aus den Gastfamilien mitgebracht. Ich sehe Cookie und Ananya, die mir etwas zurufen, das ich nicht verstehe, weil Jez in diesem Moment »Welcome, let's rock!« ins Mikro brüllt. Das Licht wird plötzlich schummriger, was gut ist, denn ich habe vor Schreck wirklich meine Cola verkippt. Leider ist Sascha vorn an der Bühne, wo er sich offenbar ein Lied aussucht.

»Is this seat taken?«, fragt mich ein Mädchen mit französischem Akzent.

»No.« Nicht einmal Ella kümmert sich um mich, also brauche ich auch nicht ihren Platz frei zu halten.

Wortlos lässt sie sich auf einen Sitz fallen und wedelt eine Landkarte vor dem Gesicht hin und her. Ich mustere sie heimlich von der Seite. Sie trägt schwarze Schnürstiefel und ein Kleid, auf das ich sofort neidisch werde.

»I am Muriel«, stellt sie sich vor.

»I am Marleen. Do you like Karaoke?«, frage ich sie höflich. Sie schüttelt entsetzt den Kopf.

»Absolutely not!«

»Me neither!«

Wir grinsen uns an, denn gerade drängen sich drei

japanische Studentinnen im Schulmädchenlook nach vorn, um »YMCA« zu singen.

Konstantin, der sich heute ein glänzendes Hemd angezogen hat, schiebt sich an unserem Tisch vorbei. Trotz der spärlichen Beleuchtung trägt er eine Sonnenbrille.

»Are you going to sing?«, fragt er uns beide in einem Ton, der klarmacht, dass er sich nichts Schrecklicheres vorstellen könnte.

»Are you expecting an eclipse?«, fragt Muriel zurück, was auf Konstantins Sonnenbrille anspielt.

Konstantin stiert sie unschlüssig an und dreht wieder ab. Eine Sonnenfinsternis! Ich halte meine Hand vor den Mund, um nicht loszuprusten. Doch dann bleibt mir das Lachen im Halse stecken. Denn wer sich da vorn zur Bühne drängt und dabei sämtliche Konkurrenz wie ein Panzer zur Seite pflügt, ist niemand anderes als meine Schwester Ella!

Mein Mund öffnet sich, um »Tu mir das nicht an!« zu schreien, aber alles, was herauskommt, ist ein hilfloses Gurgeln.

»Are you okay?«, fragt mich Muriel.

Meine Antwort geht in Ellas einsetzendem Gesang unter.

»At first I was afraid, I was petrified, I kept thinking I could never live without you by my side …«, brüllt sie ohne Rhythmus und ohne Scham in den Raum hinein.

»Mon dieu!« Muriel hält sich erschrocken am Tisch fest.

Ich versinke bald vor Peinlichkeit im Boden. Was ist nur in sie gefahren? Sie kann doch gar nicht singen! Und dann auch noch dieses schreckliche Lied: »I will survive« – die Hymne aller beendeten Beziehungen, die …

Auf einmal flitzt ein Gedanke durch meinen Kopf, der unwahrscheinlich ist, sich aber dennoch nicht unterdrücken lässt: Sollte das ungeheure, ewige Feuer der grenzenlosen Ella-Guido-Liebe etwa nur noch auf kleiner Sparflamme brennen?

Um mich herum klatschen und jubeln die Leute Beifall. Offenbar ist die Schmerzgrenze der anderen höher als die von Muriel und mir. Wir harren mit versteinerten Mienen aus, als zwei kieksende Französinnen »Poker Face« von Lady Gaga zur Schnecke machen, und wir verziehen keine Miene, als Anna und Susanna sich qualvoll langsam durch »Viva la Vida« arbeiten.

Danach singt Silke gar nicht einmal so schlecht irgendeinen Countrysong und Matt singt was von *Green Day*. Bei ihm klingt es am besten, am englischsten sozusagen.

Fast alle probieren sich da vorn aus, selbst Sascha singt irgendeinen Oldie, bei dem ich begeistert johle und applaudiere. Nur Muriel und ich üben uns in vornehmer Zurückhaltung. Als jemand eine Tonlage zu tief »I'm too sexy for my shirt« brummt, brauche ich gar nicht hinzuschauen. Nur Konstantin kann sich so zum Affen machen. Und dann, gerade als ich überlege, wie ich Ella hier weglotsen könnte, tritt Ananya auf die Bühne.

Sie singt die ersten Takte und alle werden still. Es ist der Titelsong vom Titanic-Film – und Ananya singt ihn besser, als ihn je ein Mensch gesungen hat. Ihre leicht heisere Stimme schwingt klagend durch den Raum. Sie hat die Augen geschlossen und scheint uns alle vergessen zu haben. Ein kalter Schauer rieselt mir über den Rücken. Auf einmal muss ich an die Titanic und an Lord White denken und an all seine Geheimnisse, die er mit ins Grab genommen hat. Nie werde ich erfahren, was es mit all seinen Sammelstücken auf sich hat.

Ananya hält den letzten Ton so lang wie ein Profi und der Raum tobt vor Begeisterung.

»Not bad!«, sagt jemand neben mir. »Not bad at all!« Es ist Muriel, die mir unauffällig ein Papiertaschentuch zuschiebt. Erst jetzt bemerke ich, dass ich vor Rührung schniefe.

Verdammtes Karaoke!

»Wer macht noch mit einen drauf?«, ruft ein Junge aus unserer Gruppe, als um neun Schluss ist und noch keiner nach Hause gehen will. Wir steuern das »Rose and Crown« an, einen gemütlichen Pub mitten in

Torquay. Ella bestellt sich sofort einen Teller Pommes mit Essig. Wenn sie nicht aufpasst, wird das Riesenbaby sie nicht wiedererkennen, weil sie so aus dem Leim gegangen ist. Sascha wird gerade von Sven und einem der Franzosen belagert. Unschlüssig stehe ich herum, denn Muriel habe ich in dem Getümmel irgendwie verloren. Doch dann entdecke ich Ananya und Cookie. Ich will endlich mal Ananya kennenlernen, da Cookie so viel von ihr erzählt hat, doch in dem Moment, als ich mich zu den beiden an einen Tisch setze, springt Cookie wie von der Tarantel gestochen wieder auf. Ist irgendwas mit mir? Rieche ich seltsam oder hat mir jemand ein Schild an den Rücken geheftet, auf dem »Refuses to do Karaoke« steht?

Nein, Cookie winkt so wild jemandem zu, dass ihr bald der Arm abfliegt.

»Nun sieh doch mal, wer da ist!«, sagt sie zu mir. Ich schaue in die Richtung, in die sie winkt. Dort stehen lauter Männer an der Bar.

»Juhu!«, schreit Cookie. Ananya sieht genauso verwirrt aus wie ich. Cookie gebärdet sich, als habe sie gerade einen seit Jahrzehnten verschollenen Verwandten wiedergetroffen.

»Das ist doch Steve«, sagt sie. »Von neulich. Weißt du nicht mehr?«

Steve! Natürlich! Dem jetzt alle Mädchen hinterherblicken, als er unseren Tisch ansteuert! Vielleicht ist der Abend ja doch noch zu retten. Allerdings nervt es mich, wie Cookie sich benimmt. Sie kann sich kaum zügeln, ihm nicht um den Hals zu fallen! Aus den Augenwinkeln registriere ich, dass Sascha aufmerksam geworden ist.

»Oh, toll, Steve«, sage ich deshalb. Schmeiße meine Haare nach hinten und winke Steve übertrieben begeistert zu. Sascha mustert Steve mit gerunzelter Stirn. Ist er etwa eifersüchtig?

»Steve is great!«, flüstert Cookie Ananya zu.

»Oh, my gosh!«, sagt Ananya. »It must be international *find-your-long-lost-friend-day*! That's my old friend Carol over there!« Lachend schiebt sie sich durch die Menge auf ein fröhliches Mädchen mit kupferroten Haaren zu, das zwei Bierhumpen in der Hand trägt.

Steve streift Ananya kurz mit einem gleichmütigen Blick und dann erscheint plötzlich ein Lächeln in seinem Gesicht, als hätte es jemand mit einer Fernbedienung angeknipst. Irgendwie eigenartig, aber ich freue mich trotzdem, dass er hier ist.

»Girls!«, ruft er. »What a coincidence!« Er hat wieder seine tolle Lederjacke an und einen leichten Dreitagebart. *Dreamboat* nennen die Engländerinnen so einen gut aussehenden Jungen. Oder *sex on legs*, das haben wir im Fernsehen gelernt.

»Isn't it!«, freut sich Cookie und zieht ihm schwungvoll einen Stuhl zurecht.

Na klasse. Zu Hause bin ich das fünfte Rad am

Wagen bei Ella und Guido, und wie es aussieht, blüht mir hier dasselbe Schicksal mit Cookie und Steve. Ich sollte lieber aufstehen und rüber zu Sascha gehen. Aber überraschenderweise lässt Steve Cookie links liegen.

»So, how are you doing in that big house of yours?«, fragt er mich. »Getting lost a lot?« Er zwinkert mir zu.

»Sometimes.« War das jetzt die richtige Antwort? Er soll ja nicht denken, dass ich zu dämlich bin, mich in einem großen Haus zurechtzufinden.

»I bet, I bet«, sagt er. »Those big old mansions can be right mazes!«

»What?« Cookie klingt gereizt.

»Mazes. You know, the things you walk around in for hours, with hedges …«

»Irrgarten?«, fragt Cookie auf Deutsch. Steve guckt sie leer an.

»Ich glaube, er meint, dass alte Häuser wie das von Lady White sehr verwirrend sind«, erkläre ich ihr.

»Lady Margaret White?« Steve beugt sich interessiert nach vorn. »Wife of the late Lord William White?«

»Yes …?« Kennt er etwa meine Lady White?

»Lovely people«, sagt Steve. »I met them once, many years ago. My parents were invited to a party in their house. I just remember they had lots of antique ship objects. That kind of thing really impressed me when I was a little boy. I wanted to be an explorer, you know.«

»Yes, old maps and clocks and stuff like that«, sage ich aufgeregt. Vielleicht kennt sich Steve ja damit aus!

»I am thirsty.« Cookie sieht ein bisschen beleidigt aus, dass wir sie nicht ins Gespräch mit einbeziehen. Von Ananya, vorn an der Bar, sieht man nur ihre lackschwarze Haarmähne.

»Oh, let me get you girls a drink!«, sagt Steve und springt auf. »Coke, is it?«

»Yes«, sagen Cookie und ich gleichzeitig.

»With ice«, füge ich noch hinzu.

»On the rocks«, ahmt Cookie mich nach.

»All right, I'll be back in a minute.«

Als er weg ist, räuspert sie sich plötzlich.

»Hör mal, Marleen, ich weiß ja nicht, was so dein Typ ist in puncto Jungs, aber Steve, also ...« Sie stockt.

»Ja, er sieht toll aus, finde ich auch«, komme ich ihr zuvor.

Cookie nickt sehnsuchtsvoll.

»Aber nicht mein Typ«, versichere ich. Mein Typ nuckelt immer noch an seinem Glas herum, lässt sich von Sven volllabern und schielt immer zu mir. Da kommt Steve auch schon wieder und stellt zwei volle Gläser vor uns hin.

»So, tell me«, fragt er mich und ignoriert Cookie. »What kind of ship stuff did the old guy have then?«

Irgendwie gefällt es mir nicht, wie er von Lady

Whites Mann als »the old guy« redet. Das klingt so … abwertend. Hat er nicht eben gesagt, dass er Lord White nett fand? Aber vielleicht ist das hier wieder nur ein sprachliches Missverständnis. Er ist außerdem der erste Mensch, mit dem ich vielleicht über den Keller reden kann. Ella interessiert sich nicht im Geringsten dafür.

»Well«, sage ich und versuche, Cookies eingeschnappten Blick zu ignorieren. »He had a lot of different things. There is a photo from the departure of the *Titanic* and an old sailor suit and many paintings.«

Steve nickt aufmunternd und so mache ich weiter.

»And a lovely doll house and an old wedding dress and pretty shoes and toys and this doll kitchen and …«

»Incredible, isn't it«, unterbricht er mich und sieht Cookie dabei so entzückt an, dass sie ganz glasige Augen bekommt. »That old ship stuff is so fascinating!« Wieder so ein Blick, diesmal in meine Richtung. »Did he have any more of that?«

»Yes«, sage ich schnell und überlege, was ich ihm sonst noch erzählen könnte, denn Sascha beobachtet uns immer noch!

Ich habe keine Ahnung, wie man die ganzen Messgeräte nennt, die ich gesehen habe.

»There was a compass«, sage ich schließlich. »A really big thing, gold and heavy.«

Steve sieht enttäuscht aus und so versuche ich aufzutrumpfen.

»It belonged to a Robert Greenock or a Mary or a George, I am not quite sure and someone has written something on the back!«

»Robert Greenock? What?« Steve wirkt auf einmal hoch konzentriert.

Ich versuche, mich an die Inschrift zu erinnern.

»It said ... Bon Voyage, Albert! No, not Albert. Bon Voyage, Alert – that was it. From Mary to George! I guess Robert wasn't Mary's boyfriend anymore by then!«

»Alert«, wiederholt Steve leise.

Warum interessiert ihn das eigentlich so?

»Hello?«, meldet sich Cookie. »What are you two talking about? Can't we talk about something else? What music do you like, Steve?«

»Oh!«, Steve scheint zu überlegen. »All sorts. Trance, Metal, Country ... you know what I mean.«

You know what I mean. Codewort für *ich habe keine Ahnung*. Irgendwas stört mich hier. Ich habe noch nie von einem Metalfan gehört, der gleichzeitig Countrymusik mochte. Fans der beiden Musikrichtungen haben so viel miteinander gemeinsam wie Pfälzer Saumagen und Tofusuppe.

Ella winkt mir von der Bar aus zu. Sie kippt dabei ein Bier um, ohne es zu merken. Auch sind ihre Wangen schon verräterisch rot und sie schielt leicht. Sie verträgt echt nichts.

»Hey, Marleen! Da hinten fängt jetzt gleich ein

Quiz an, hast du vielleicht Lust, in unserem Team mitzumachen?«

Sascha! Er steht vor mir! Ich könnte Steve umarmen. Er weiß gar nicht, wie sehr er mir geholfen hat!

»Klar, gern. Excuse me!« Ich schiebe mich an Steve vorbei.

Sascha legt seine Hand auf meinen Arm. So warm und weich, dass ich gleich ein bisschen Gänsehaut bekomme.

»Have fun!«, ruft Cookie und gibt einen freudigen kleinen Gluckser von sich.

Als der Barmann später am Abend klingelt und »Last orders!« brüllt, hat Ella eine Galerie leerer Gläser vor sich stehen und ist drauf und dran, noch einmal eine Vorführung von »I will survive« zu geben. Ich schnappe sie mir und ziehe sie ins Freie. Dort befindet sie sich in guter Gesellschaft. Vor dem Pub herrscht ein wüstes Treiben: grölende Männer und quiekende Frauen benutzen englische Ausdrücke, die der ordentlichen Mrs Kupfer die Schamröte ins Gesicht getrieben hätten.

»Tschüss dann, bis morgen«, flüstert mir jemand ins Ohr und streicht mir dabei leicht eine Haarsträhne weg. Sascha! Mein Herz fängt gleich wieder an zu galoppieren und ich griene ihn im Dunkeln verschwörerisch an. Meine wankende und lärmende Schwester hat nichts gemerkt. Genauso, wie sie nicht mitbekommen hat, dass ich Sascha nach dem Quiz in dem kleinen Gang Richtung Biergarten und Toiletten getroffen habe. Da war nicht so ein Geschrei und Radau und so sind wir einfach dort stehen geblieben. Eine Weile lang haben wir uns unterhalten, ich weiß gar nicht mehr worüber, und plötzlich hat er mein Kinn sanft hochgeschoben und gesagt: »Du bist total süß, weißt du das?«

Das wusste ich, aber nicht, was ich antworten sollte. Es war auch gar nicht nötig. Denn plötzlich waren seine Lippen auf meinen und wären es wahrscheinlich immer noch, wenn sich nicht nach einer Weile ein dicker Mann an uns vorbeigeschoben und »Excuse me young folks, full bladder coming through!« gerufen hätte.

»Bis morgen!«, flüstere ich zurück.

Als wir spät in der Nacht das riesige Haus betreten, ist Lady White schon im Bett. Sie hat ein paar kleine Lampen angelassen, damit wir im Dunkeln nicht gegen die Möbel krachen und sie aufwecken. Ella summt immer noch halblaut ein paar der Karaoke-Lieder.

»Sch!«, mache ich immer wieder. Sie wird unsere Gastgeberin noch aufwecken.

»Ich glaube, ich habe echt Talent. Das haben alle gesagt! Ich denke, ich sollte mal bei ein paar Bands vorsingen, was meinst du?« Ella stolpert über die hochstehende Ecke eines Läufers und wäre fast in den

Garderobenständer gefallen, wenn ich sie nicht festgehalten hätte.

»Sag mal, wie viel Bier hast du denn getrunken?«, zische ich.

Ella antwortet nicht. Sie lässt sich wie ein Stein auf ihr Bett fallen und schläft sofort ein. Und ich muss doch noch ins Bad, vor dessen Tür Rover wie ein Höllenhund liegt und wacht!

Zeit für meine Geheimwaffe.

»Rover!«, flüstere ich liebevoll. Misstrauisch knurrt er mich an. Doch dann wird sein Hundeblick weich und ergeben. Hechelnd kommt er zu mir gelaufen und schnappt gierig nach meiner Hand – in der ich ein Stück von Cookies Schinken halte.

Schmatzend verschwindet es in seinem Maul.

»Good boy!«, sage ich leise. Wir werden schon noch beste Freunde werden. Liebe geht schließlich durch den Magen!

Auf dem Weg zurück erhasche ich einen Blick in das Zimmer von Clive, dem Supermanritter. Es ist plötzlich tadellos aufgeräumt.

Na, so was. Wahrscheinlich konnte Lady White die Unordnung nicht mehr ertragen. Das müsste meiner Mutter mal einfallen.

13

»Steve konnte es gar nicht fassen, dass du bei der Lady White wohnst, die er noch von früher kennt!«, sagt Cookie am nächsten Tag zu mir.

»Echt?«

»Echt! Erst dachte ich ja, dass er vielleicht was von dir will, aber dann …«

»Er interessiert mich wirklich nicht!«, falle ich ihr schnell ins Wort

»… dann hat er mich gefragt, ob ich mal mit ihm zum Dinner gehe. Ich finde ihn total süß. Und diese Ähnlichkeit mit Robert …« Cookie seufzt verträumt. Eigentlich wollte ich ihr von meinem komischen Gefühl bezüglich Steve erzählen, aber sie scheint total auf ihn zu stehen und würde mich vielleicht nur für eifersüchtig halten.

»Ja, toll, freut mich«, beteuere ich deshalb schnell. Und wo ist mein Schwarm heute Morgen?

Dankbar lächelt sie mich an. An ihrem Arm klimpern unzählige silbrige Reifen. Außerdem bemerke ich erst jetzt entsetzt, dass sie ein Nasenpiercing hat.

»Mein Gott, Cookie, deine Nase!«

Sie zuckt mit den Schultern.

»Wann hast du das denn gemacht?«

»Gestern Abend noch. Bei Ananyas Freundin. Ananya hat auch ein Nasenpiercing! Viele Inderinnen haben eins«, verteidigt sie sich.

Das ist wahr, aber auf Ananyas dunkler Haut sieht das kleine Silbersteinchen toll aus, Cookie hingegen ist blass wie eine Milchflasche und hat ausgerechnet einen rubinroten Stein gewählt. Im ersten Moment dachte ich, sie hat einen entzündeten Pickel.

»Na, wenn du meinst. Sieht gut aus«, sage ich noch hastig.

Sie grinst ein wenig unsicher.

»Hoffentlich denken meine Eltern das auch«, flüstert sie, denn jetzt kommt Matt herein und schreibt etwas an die Tafel.

Den ganzen Vormittag lang muss ich Cookie immer wieder von der Seite anstarren. Das Piercing sitzt wie ein permanenter Blutstropfen mitten in ihrem Gesicht. Ich habe das Gefühl, als ob alle um mich herum ein bisschen überschnappen. Erst Ella und nun auch noch Cookie. Zuerst war's der britische Adel und nun scheint sie völlig auf dem Indien-Trip zu sein. Sascha kommt erst zur zweiten Stunde, vermeidet es aber, mich anzusehen. Was soll das denn jetzt?

Tanja hat mir eine neue E-Mail geschrieben:

Hi Marleen,
ich wünschte fast, es würde auch mal regnen wie bei dir! Hier ist es unglaublich heiß. Ich ziehe mich eigentlich erst abends richtig an, vorher lohnt es sich nicht, weil man sowieso nur schwimmen geht!
Marco, du weißt schon – Francescos Freund – ist der süßeste Junge der Welt, ehrlich! Wenn er lacht, hat er so niedliche Grübchen, und du solltest ihn mal auf seinem Surfbrett sehen! Er ist nett zu mir, aber mehr NICHT! Gestern Abend saßen wir zusammen auf der Terrasse und haben die Sterne angesehen, also es war DER Moment! Und was geschah? Nichts! Ich glaube, er ist schüchtern. Vielleicht lag es auch an Francesco, der die ganze Zeit dabeigluckte und einfach nicht gehen wollte.
Ich halte dich auf dem Laufenden!
Verlauf dich nicht im Nebel! ☺
Deine Tanja

Ach, Tanja. Ich wünschte, sie wäre hier. Mit ihr könnte ich das Phänomen Sascha in allen erdenklichen Einzelheiten bereden!

Als ich ihr gerade eine Antwort schreiben will, kommt Sven in den Computerraum.

»Sag mal, weißt du, ob wir jetzt am Sonntag den

Ausflug in die Höhlen machen oder erst nächste Woche?«

»Keine Ahnung«, antworte ich. Ich habe nicht vor, da mitzugehen. »Warum willst du das denn wissen?«

»Ich nicht, Sascha wollte es wissen. Weil er doch jetzt am Sonntag Lisa abholen muss. Sie hat heute früh angerufen.«

»Lisa?«

»Ja, seine Freundin. Sie kommt ihn für ein paar Tage besuchen, hat irgend so einen Billigflug ergattert, für zwölf Euro fünfzig oder so. Du weißt schon.«

Lisa kommt für zwölf Euro fünfzig? »Seine Freundin?«, krächze ich mit letzter Kraft.

Sven trommelt ungeduldig mit dem Zeigefinger auf die Maus und starrt auf den sich nur langsam entfaltenden Bildschirm.

»Ja, Lisa kann nicht mal drei Wochen ohne ihn leben. Bescheuert, wenn du mich fragst. Ich meine, die sind schon fast ein Jahr zusammen! Scheißding!«

»Du kannst meinen Computer benutzen«, sage ich mit tonloser Stimme. Ich stehe auf und schleiche aus dem Raum wie zu meiner Hinrichtung.

Nach dem Unterricht will Ella unbedingt bei einem Rugbyspiel zusehen, aber ich habe keine Lust. Ich will niemanden sehen, am allerwenigsten Sascha, den Verräter! Ich könnte heulen! Ich würde am liebsten nach

Hause fliegen. Vielleicht kann ich der tollen Lisa ihr Rückflugticket für dreizehn Euro abkaufen?

»Ich komme nicht mit«, erkläre ich Ella.

»Dann wartest du halt in der Schule«, sagt Ella.

»Wieso, ich kann doch auch nach Hause fahren?«

»Du?« Sie lacht, offenbar ehrlich überrascht, was irgendwie noch beleidigender ist.

»Ja, ich, warum denn nicht?«

»Schaffst du das denn, ohne dich zu verlaufen?«

Jetzt reicht es aber.

»Natürlich. Ich bin doch nicht blöd. Außerdem kann ich dann schon mal deine Telefonanrufe entgegennehmen!«

Das zieht. Ella beißt sich verärgert auf die Lippe. Ich habe den Eindruck, sie will nicht nach Hause, um genau diesen Telefonanrufen zu entkommen.

Edwin, der Gärtner, schneidet heute die Hecken in eine lustige Kugelform.

»Hello, Edwin!«, begrüße ich ihn geknickt. Ich fühle mich so veralbert und alleine. Er hebt seinen erdigen Handschuh zum Gruß hoch und sieht mich prüfend an.

»Hello, hello! Are you all right? Are you enjoying your stay, little Miss?«

»Yes, it is very nice, thank you. Margaret is such a friendly woman!« Der arme Edwin kann ja nichts für meinen Kummer.

»Isn't she just!« Er lächelt. Die Sonne scheint ihm ins Gesicht und beleuchtet die tausend kleinen Lachfältchen um seine Augen herum. Ich betrachte sein Werk. Dann siegt die Neugier über meine schlechte Laune.

»Why are you cutting it into a ball shape?«, frage ich ihn.

»Because I have always done it like this, for thirty years.«

Nun, das ist eigentlich keine richtige Antwort auf meine Frage, aber was soll's. Es sieht jedenfalls witzig aus, ein bisschen wie gigantische grüne Lollipops.

»See you later!«, sage ich und schlendere zur Haustür. Zwei riesige Turnschuhe stehen davor, die Schnürsenkel sind mindestens einen halben Meter lang.

»Is somebody here?«, wende ich mich noch mal an Edwin und zeige auf die Schuhe.

»Oh, it's just the young master«, sagt er.

Ein Meister? Was für ein Meister? Wahrscheinlich der Malermeister oder irgendein anderer Handwerker. So ein Mist. Gerade wollte ich die Zeit alleine ausnutzen, um noch ein bisschen das Haus zu erkunden.

Tatsächlich, als ich in die Eingangshalle trete, steht ein junger Typ mit nackten Füßen auf einem Stuhl und schraubt am Kronleuchter herum. Seine Beine stecken in engen Jeans und seine dunklen Haare fallen ihm in den Nacken.

»Hi«, sage ich.

»Hi«, sagt er, ohne sich umzudrehen.

»Will you be long?«, frage ich ihn.

»It depends«, sagt er und guckt über seine Schulter zu mir. Habe ich ihn schon mal gesehen? War er vielleicht gestern im Pub?

»Depends on what?«, frage ich zurück. Kann er sich mal ein bisschen genauer ausdrücken?

»It depends on how long this job will take!« Ein Grinsen spielt um seine Mundwinkel. Macht er sich über mich lustig? Da sollte er sich lieber vorsehen. Noch mehr Witze auf meine Kosten kann ich heute nicht mehr ertragen! Er ist kaum älter als ich, ich verstehe gar nicht, wie sie so einen jungen Handwerker in so ein großes Haus schicken können. Wahrscheinlich ist er der Lehrling.

»Where is your boss?«, frage ich ihn deshalb.

Jetzt sieht er wirklich total amüsiert aus.

»She's not here right now!«

She? Eine Frau ist Chef der Handwerkerkolonne? Wahrlich, ein eigenartiges Land.

»Well, I have some plans and I would like to know when you are finished!«

»It could be a while«, sagt er. »In fact, I think I might be here for quite some time.« Jetzt grinst er mich offen an.

Eigentlich sieht er gar nicht so schlecht aus, aber er geht mir total auf die Nerven mit seinen kryptischen Bemerkungen.

»Well, I live here, so maybe you can hurry«, sage ich

und schmeiße meinen Kopf mit einem divahaften Lachen nach hinten. Soll er ruhig denken, dass ich hier wohne. Die Gelegenheit, einmal Lady zu sein, bietet sich nie wieder!

»Okay, I will keep it in mind.« Schmunzelnd wendet er sich wieder seinem Kronleuchter zu. So ein Idiot. Alle Jungs sind Idioten.

Da sitze ich nun in meinem Zimmer und traue mich nicht wieder hinaus. Das Telefon klingelt ein paarmal, aber ich gehe nicht ran. Ich habe keine Lust auf das Riesenbaby. Ich hätte doch mit zum Rugby gehen und Sascha eiskalt ignorieren sollen!

Als das Telefon nach einer Stunde wieder klingelt, höre ich, wie sich der junge Elektriker meldet. Also, der traut sich was!

Ich werde es Lady White erzählen, da kann er Gift drauf nehmen!

Gegen 17.00 Uhr kommt Ella endlich nach Hause. Sie bringt einen Schwall frische Luft mit ins Zimmer und ihre Wangen sind ganz rot.

»Es war toll!«, jubelt sie. »Wir hatten so viel Spaß! Muriel, so eine Französin, hat mir die Regeln erklärt und hinterher waren wir alle noch ein Eis essen. Warum bist du nur nicht geblieben?«

Muriel? Meine Muriel? Meine einzige Seelenverwandte war auch dort?

»Keine Lust«, quetsche ich mürrisch heraus. Ella ist seltsam ruhelos.

»Hast du sie schon gesehen?«, fragt sie mich plötzlich.

»Was soll ich gesehen haben?«

»Na, draußen!« Sie lacht albern und gestikuliert zur Tür.

»Du meinst die runden Dinger?« Wahrscheinlich redet sie von den Hecken.

Ella wirft mir einen komischen Blick zu.

»Wieso rund? Marleen, manchmal frage ich mich wirklich, ob du noch ganz richtig tickst! Sie sehen doch ganz normal aus, überhaupt nicht übergewichtig. Eigentlich sogar ganz süß.« Sie kichert wieder so blöd.

Ein eigenartiges Ziehen beginnt in meinem Magen. Etwas geschieht hier, das ich eigentlich kapieren müsste, aber mein Verstand weigert sich, es zuzugeben.

»Von wem sprichst du genau?«, frage ich Ella tonlos.

»Na von Clive und Gareth! Hello? The boys?« Sie macht Lady Whites Stimme nach. »Sie sind aus dem Internat angekommen, hast du sie denn nicht gesehen?«

»Nein«, sage ich und werde rot, denn das stimmt nicht ganz. Eine schreckliche Vorahnung überkommt mich.

»Na, jedenfalls hat Gareth gleich mit mir geredet.«

»Wie alt sind sie denn?«, krächze ich. Auf den Familienbildern sehen sie immer aus wie kleine Jungs.

»Na, so sechzehn, siebzehn, denke ich mal.«

»Toll!« Ich starre konzentriert in mein Buch, in dem ich schon seit zehn Minuten immer dieselbe Zeile lese. Meine Wangen glühen vor Scham. Jetzt weiß ich auch, warum mir der Elektriker so bekannt vorkam!

14

Clive grinst mich frech an, als ich mit Ella zum Dinner komme.

»Looks like I'm still here«, sagt er.

Am liebsten würde ich das Abendessen ausfallen lassen und sofort wieder in mein Zimmer gehen. Beschämt frage ich mich, ob er seiner Mutter von meinem idiotischen Benehmen erzählt hat. Es sieht zwar nicht so aus – Lady White hat blendende Laune –, aber man weiß ja nie. Und Ella bekommt sowieso nichts mit. Irgendwie ist es aber auch Lady Whites Schuld: Warum hat sie uns nicht erzählt, dass ihre Söhne heute aus dem Internat zurückkommen?

»Well, I believe you young people have already met each other? Maybe you boys can help the girls along a little bit to improve their English?« Lady White häuft Kartoffelbrei auf unsere Teller. Es gibt wieder *bangers and mash*.

»Sure! I'm an excellent teacher!« Gareth schaut zu Ella und zwinkert ihr zu. Er sieht auf eine verwegene

Art gut aus, das muss selbst ich zugeben. Mit seinen störrischen schwarzen Haaren, den Grübchen und dem leicht amüsierten Blick hat er etwas von einem Draufgänger. Aber mein Typ ist er trotzdem nicht.

Ella strahlt über's ganze Gesicht. Mir fällt auf, dass sie die Gabel auf einmal auf englische Art in der Hand hält, mit der Rundung nach oben. Als sie ihre Wurst aufspießen will, rutscht sie ab und das Würstchen segelt wie ein runzliger Zeppelin quer über den Tisch. Es landet direkt vor Gareths Teller.

»I'm so sorry!«, piepst Ella erschrocken.

»No problem«, sagt Gareth. »We all know my mother can't cook, so using the sausages as ammunition is a great idea.«

»Gareth!« Lady White sieht einen Moment lang verärgert aus, doch dann muss sie lachen. Erleichtert lachen wir mit. Als Clive zu mir sieht, gucke ich sofort wieder auf meinen Kartoffelbrei. Warum hat er sich heute Nachmittag nicht vorgestellt? Eigentlich hat er sich genauso blöd benommen wie ich.

Das Telefon klingelt durchdringend, und noch bevor irgendeiner von uns reagieren kann, hat Gareth schon abgenommen.

»Hello?«

Aufgeregt quackert es am anderen Ende. Ella nestelt verlegen an ihrer Kette herum.

Gareth kommt mit ratlosem Blick zur Tür herein.

»Some maniac is on the phone. He wants to talk to a

Muckelchen?« Das Wort klingt seltsam gequetscht aus seinem Mund. »I told him he had the wrong number but he mentioned your name.« Er sieht zu Ella.

Die schraubt sich im Zeitlupentempo aus ihrem Stuhl hoch.

»Excuse me, please«, sagt sie vornehm, um wenige Sekunden später ins Telefon zu fauchen: »Sag mal, was fällt dir eigentlich ein? Warum rufst du dauernd an? Und nenn mich nicht immer Muckelchen, ich bin doch kein Kindergartenkind!«

Gareth wechselt einen bedeutungsvollen Blick mit Clive.

»It's her boyfriend«, erklärt Lady White mit neutraler Stimme.

»He sounded terrific«, bemerkt Gareth.

Gegen meinen Willen muss ich lachen. Aus der Eingangshalle hören wir Ellas gedämpfte Stimme. Besonders freundlich klingt sie nicht.

Als sie wieder hereinkommt, starrt Gareth sie mit unverhohlenem Interesse an.

»I am glad you are here«, sagt er dann. »You are miles better than the office people! And much prettier too!«

Ella und ich runzeln die Stirn.

»What office people?«, fragt sie.

Gareth bricht plötzlich in Gelächter aus. Lady White hüstelt leicht.

»What he means to say …«, beginnt sie, doch Clive unterbricht sie.

»He means the office people who held their summer party in our garden last year. One of them vomited into the pond at midnight.«

»Er hat in den Teich gekotzt?«, fragt Ella entsetzt, doch Clive fährt unbeirrt fort.

»We rent out our grounds and people come to do all sorts of things – get married, have office parties or birthday parties. It is really quite beautiful here in the summer.«

»You rent it out? Why?«, frage ich verwirrt. Mir ist nicht klar, warum jemand seinen Garten an irgendwelche Büroangestellten vermietet, die sich wie die Axt im Walde benehmen. Clive legt sein Besteck hin.

»Well, to make money, of course.«

Lady White beginnt, hastig die Teller zusammenzuräumen.

»Really boys, this is of no interest to the girls!«

Clive zuckt mit den Schultern.

»We try to make money any way we can. Even if it means fixing our own lamps.« Hier sieht er mir auf einmal direkt ins Gesicht. Oh Gott, ich sterbe gleich! Schnell täusche ich ein brennendes Interesse an dem Spruch auf seinem T-Shirt vor, dabei habe ich ihn schon mindestens zwanzig Mal gelesen. *Come to the dark side, we have candy,* steht da. Doch dann erscheint ein freundliches Lächeln in seinem Gesicht. Reflexartig grinse ich zurück. Er hat schöne braune Augen mit einem goldenen Schimmer darin. Seine

Haare sind ordentlicher und heller als die von Gareth und verwegen wirkt er auch nicht. Eher lieb. Und irgendwo in meinem Kopf, in der allerletzten Reihe sozusagen, muss ich gestehen, dass er meinem Typ verdammt nahekommt.

Das ist also »Little Lord Clive«. Oder besser Ritter »C«?

Eigentlich ist es ja nett, dass er seiner Mutter nichts von mir erzählt hat.

Sogar sehr nett.

»Hihihihi!« Ellas hysterisches Gelächter scheppert durchs Haus. Ich weiß, dass sie mit Gareth einen Film im Wohnzimmer guckt, von dem sie garantiert nur die Hälfte versteht. Wahrscheinlich versucht sie darum, ihre Ahnungslosigkeit durch übertrieben lautes Lachen zu überspielen. Ich könnte mich selbstverständlich einfach dazusetzen, aber irgendwie ist es mir peinlich. Denn vielleicht kommt Clive ja auch noch dazu und dem möchte ich heute lieber nicht mehr begegnen.

Und so bleibe ich störrisch in unserem Zimmer sitzen und sehe in den Garten hinaus. Langsam wird es draußen dunkel. Ein paar Grillen zirpen und die Luft riecht süß und mild. Ja, hier ist es schön im Sommer, wunderschön sogar. Wie schlimm muss es daher für Lady White sein, immer in der Angst zu leben, das alles hier zu verlieren! Neben mir sitzt

Rover und schaut mich aufmunternd an. In regelmäßigen Abständen füttere ich ihn mit einem Stück Schinken. Er liebt mich jetzt inniger als Ella! Was allerdings mit unserer Freundschaft passieren wird, wenn der Schinken von Cookie alle ist, das steht in den Sternen. Ich versuche, nicht zu oft darüber nachzudenken.

Ich fange an zu lesen, kann mich aber nicht so richtig konzentrieren. Wenn Ella und Gareth Fernsehen gucken, was macht dann eigentlich Clive?

Das Riesenbaby hat seit dem späten Nachmittag nicht mehr angerufen. »Mein Gott, Guido klammert echt!«, hat Ella vorhin halb zu mir, halb zu sich selber gesagt. Ich war so überrascht, dass ich gar nichts zu erwidern wusste. Dass ich den Tag noch erleben durfte!

Schließlich halte ich es nicht mehr aus. Ich schnappe meinen Kulturbeutel und schleiche in den Flur hinaus. Rover läuft mir schnüffelnd hinterher. Clives Zimmertür steht leicht offen und ich halte lautlos an. Vorsichtig versuche ich, durch den schmalen Schlitz hineinzusehen.

»Do you need something?«, fragt eine leise Stimme hinter mir.

Ich schrecke so zusammen, dass mir der Kulturbeutel aus den Händen rutscht und auf den Boden fliegt. Natürlich war er nicht zu und natürlich liegt jetzt der Inhalt verstreut auf dem Fußboden. Vor mir steht Clive.

»No«, stammele ich und rutsche auf den Knien herum, um meine Zahnbürste aufzuheben.

»Here you are.« Clive reicht mir mein Clearasil Gesichtswasser. Ich vermassele aber auch alles. Jetzt denkt er nicht nur, dass ich eine Aufschneiderin bin, sondern auch noch eine neugierige Tussi mit Pickelausschlag!

Rover leckt an meiner Haarbürste.

»Rover, sit!«, sagt Clive. Der Hund ignoriert ihn, genauso, wie er früher mich ignoriert hat.

»Rover, sit!«, sage ich und er pariert.

Clive stößt einen bewundernden Pfiff aus. »That dog listens to you? Unbelievable!«

»He is actually really nice«, sage ich, froh über das Neutralthema Rover.

Wir stehen ein bisschen verlegen im Halbdunkel des Korridors.

»Well, I better unpack«, sagt Clive. »We are here for the whole summer, or even longer.«

»Even longer?«

Er schaut an mir vorbei auf die Ahnengalerie in der Eingangshalle. »Mother isn't sure, whether we can afford another term at the boarding school.«

»Oh«, sage ich. »Which one do you attend? Harringford's?« Der Name einer der besten Privatschulen Englands erscheint plötzlich aus dem Nichts in meinem Gedächtnis.

»Harringford's?«, wiederholt Clive verwirrt.

»Yes, Harringford's, the best school in the country!«

»Never heard of it.« Clive kratzt sich leicht am Kinn. »We go to Dulwich College in London.«

»Oh«, sage ich wieder. Eigenartig. Wieso kennt er nicht die beste Privatschule in ganz England?

»Well, good night then, Marleen.« Damit verschwindet er in seinem Zimmer.

»Good night, Clive.«

Später in der Nacht, als Ella schon längst schläft und ab und zu röchelt, versuche ich, meinen Namen so auszusprechen, wie Clive es getan hat – »Marlien«.

Es klingt wundervoll.

Die Sache mit der Schule geht mir nicht aus dem Kopf. Falls Cookie sich noch mal mit Steve trifft, werde ich ihn fragen, wie der Name wirklich war. Ich habe ihn mir sicher nicht richtig gemerkt.

15

Leider trifft sich Cookie erst in ein paar Tagen wieder mit Steve, sodass ich mich ein wenig gedulden muss. Sie ist total überdreht, denn er hat ihr versprochen, sie zum Dinner auszuführen.

»Wie schön«, sage ich. Was bleibt mir anderes übrig? Auch wenn Steve was an sich hat, das ich seltsam finde. Außerdem ist Cookie am Wochenende bei einer echt indischen Hochzeit eingeladen, irgendeine Cousine dritten Grades von Ananya heiratet. Cookies Bemerkungen nach zu urteilen ist die bevorstehende Hochzeit Anlass für endlose Besuche aufgeregter Verwandter, Vorbereitungen und Kochgelage. Sie soll zur Feier des Tages sogar ein echt indisches Outfit tragen!

»Komm doch mal mit zu mir und sieh es dir an«, bittet sie mich nervös. »Ich bin mir nicht so sicher, welche Farbe ich nehmen soll. Sie haben mir eins in Türkis und eins in Violett gezeigt, beides so eine Art Sari mit Schal.«

»Klar, gern!« Ich war noch nie bei einer indischen

Familie. Und obendrein bin ich ganz neidisch auf all die Leckereien, von denen Cookie dauernd schwärmt. So nett Lady White auch ist – ihre Kochkünste sind extrem gewöhnungsbedürftig.

Zu meinem Ärger kommt Ella mit. In den letzten Tagen ist sie nach der Schule wie ein junges Pferd nach Hause gehetzt, aber jetzt trödelt sie herum und hat angeblich nichts vor! Ich bin sicher, ich weiß warum: Heute Morgen sind Clive und Gareth nämlich mit Lady White zu einer Verwandten gefahren und kommen erst abends wieder. Und garantiert hat Ella Hunger, genau wie ich.

»Im Moment sind ziemlich viele Leute da«, berichtet Cookie, als wir zu Ananyas Haus laufen. »In der Küche steht eigentlich dauernd jemand und kocht irgendwas.«

Mein leerer Magen zieht sich vor Freude zusammen. Endlich halten wir an einem großen viktorianischen Haus, vor dem eine Frau in quittegelbem Sari gerade einen Fußabtreter abschüttelt. Mrs Patel. Als sie Cookie sieht, winkt sie uns eifrig zu.

Schon beim Näherkommen riecht es köstlich nach irgendwas Exotischem, Gebratenem.

»Hey, come in, come in!« Ananya ist in der Tür erschienen. Obwohl sie total moderne Sachen trägt, sieht sie immer so geheimnisvoll aus mit ihrem funkelnden Schmuck. Ein Kind mit langen schwarzen Haaren steht neben ihr.

»Aren't you a pretty little girl?«, zwitschert Ella.

»That's my little brother Vikram«, sagt Ananya. »He is supposed to wear his turban. He needs to learn how to tie it.«

»Oh«, sagt Ella verwirrt. Der Kleine rennt weg.

Ananya lässt uns herein und plötzlich habe ich das Gefühl, ich bin in einem Bollywood-Film. Aus allen Ecken kommen Frauen in bunten Gewändern herbeigeeilt und nehmen uns lärmend in Empfang. Leider schiebt man uns ins Wohnzimmer und nicht in die Küche, wo ich Mr Patel entdecke, der am Ofen hantiert. Was kocht er da Gutes?

Zu meiner Freude entdecke ich aber lauter Schalen mit gewürzten Nüssen und kleinen Gebäckstücken auf dem Couchtisch, und als Mrs Patel uns mit einem freundlichen »Please, help yourself« darauf hinweist, können Ella und ich uns kaum noch bremsen. Ich schaufele mir eine ganze Handvoll in den Mund, Ella auch. Cookie steht am anderen Ende des Raumes und sieht mich erschrocken an. Dann macht sie irgendein Zeichen. Was ist denn? Die Frau hat doch gesagt, dass wir was essen sollen?

»This is good«, schnauft Ella gierig. Sie hat noch nicht bemerkt, dass alle um uns herum uns ansehen. Endlich guckt sie hoch. Ein Stück Nuss hängt an ihrer Oberlippe. »Ist irgendwas?«, fragt sie mich leise.

»Let's go to my room!« Ananyas Stimme klingt ziemlich dringlich und so stehen wir alarmiert wieder auf und folgen ihr.

»Ich wollte es euch noch sagen, das habe ich ganz vergessen«, jammert Cookie, als wir außer Hörweite der Verwandten sind.

»Was denn?«, frage ich ungeduldig. Kann uns hier mal jemand aufklären?

Ananya grinst uns an. »Never, never eat food with your left hand in an Indian family«, sagt sie.

»Why?«, frage ich bestürzt.

»Because ...« Ananya ringt nach Worten. »Because in our tradition the left hand is used for ...« Sie windet sich ein bisschen.

»For what?«

Sie holt tief Luft. »It is toilet-related.«

»Iiih«, sagt Ella.

»Eben«, sagt Cookie. »Und jetzt habt ihr sozusagen mit eurer Klopapierhand die Snacks aufgemischt.«

Ella und ich sehen uns entsetzt an.

»Ist mir anfangs auch mal passiert«, sagt Cookie lahm.

Dann wird es aber doch noch ganz lustig. Cookie sieht sowohl in Türkis als auch in Violett aus wie eine Presswurst und wird sich wahrscheinlich bei der Hochzeit an ihrem eigenen Schal erwürgen, aber natürlich loben wir sie trotzdem. Wir können sehen, wie aufgeregt sie ist. Ananya zeigt uns all ihre indischen Klamotten, die einfach so viel besser an ihr aussehen. Ihr kleiner Bruder kommt mal herein und bringt uns ausgebackene

Teigbällchen. Er trägt jetzt einen kleinen dünnen Turban auf dem Kopf.

»Well done, Vik«, lobt ihn Ananya und zwinkert uns zu. Vorsichtig greifen wir uns die heißen Teilchen. Mit der rechten Hand natürlich, obwohl uns ja jetzt keiner sieht. Und als wir gehen, habe ich unsere Blamage schon fast wieder vergessen. Aber Ella sorgt immer wieder für Nachschub, da kann man seine Hand drauf verwetten – rechte oder linke. Als wir uns verabschieden, kommt nämlich Ananyas großer Bruder die Treppe herunter. Ella ist offenbar wild entschlossen, unseren Patzer wiedergutzumachen.

»I love your turban«, sagt sie mit fester Stimme zu ihm.

»Ella«, zische ich, aber sie ist nicht mehr zu bremsen.

»It looks great. And how nicely you tied it!«

»Ella«, unterbreche ich sie verzweifelt.

»Thanks«, sagt Ananyas Bruder. Sein Mund zuckt amüsiert. »But this is actually a head bandage. I had a motorcycle accident.«

»Good bye«, rufe ich mit schriller Stimme und ziehe Ella aus dem Haus. Das Letzte, was ich sehe, ist Mrs Patel, die in der Küche die Snackschalen in den Müll kippt.

Auch im Hause White ist in der nächsten Zeit so einiges los. Ella verschwindet ständig aus unserem Zimmer, immer hat sie etwas zu »erledigen«.

Mal lungert sie in der Küche herum, ein anderes Mal versucht sie, in der Eingangshalle Rover dazu zu bringen, durch einen Reifen zu springen, oder sie steht draußen neben Edwin, dem Gärtner, und erteilt gute Ratschläge, bis es ihm zu bunt wird.

»You better move out of the way, young Miss«, sagt er zu ihr. »Or I accidently cut your hair into a ball shape with my hedge trimmer!«

Sie hält mich für blöd, aber ich weiß genau, warum sie diesen Zirkus veranstaltet. Sie will von Gareth bemerkt werden! Ich weiß es, seit sie nicht mehr ans Telefon geht, wenn Guido anruft, und seit sie ein kleines »G« auf ihren Unterarm gemalt hat. Mit rotem Kugelschreiber, wie in der fünften Klasse!

»Was ist das denn?«, habe ich sie gefragt. »Lässt du dir jetzt auch noch Guidos Namen auf den Arm tätowieren wie ein Krimineller?«

»Wieso Guido?«, hat sie ohne zu überlegen geantwortet, und dann ist sie plötzlich rot geworden und aus dem Zimmer gerannt.

Eins muss man ihr lassen: Wenn sich Ella für jemanden begeistert, dann mit ganzer Kraft! Sie schmiert sich sogar *marmite* auf ihr Toast – ein ekliger schwarzer Brotaufstrich, klebrig wie Teer –, nur weil Gareth ihn liebt!

Und ich? In der Schule habe ich Sascha angetippt, und als er mich aus seinen treulosen Augen anguckte, habe ich ihn gefragt: »Sag mal, wo hat deine Freundin eigentlich ihren billigen Flug gekauft? Frag doch deine Freundin mal! Deine Freundin kann es mir auch gern persönlich sagen, wenn sie hier ist!« Ihm das Wort »Freundin« immer wieder an den Kopf zu schmettern war ein richtiger Genuss! Dann habe ich ihn stehen gelassen.

Und im Haus von Lady White beobachte ich Clive aus sicherer Entfernung, während er mich wie ein rohes Ei behandelt. Einmal geht er in den Keller und bleibt lange unten. Guckt er sich die Sammelstücke seines Vaters an? Seit dem Abend vor seiner Zimmertür haben wir nicht mehr richtig miteinander geredet, aber manchmal, wenn er denkt, ich sehe nicht hin, merke ich, wie er mich ebenfalls beobachtet.

Meistens redet er in schnellem Englisch mit seiner Mutter und mit Gareth. Und obwohl sich mein Sprachverständnis schon sehr verbessert hat – meine Eltern werden vor Freude an die Decke springen –, verstehe ich kaum etwas, wenn sie richtig in Fahrt kommen. Nur, dass oft von Geld die Rede ist, das bekomme ich mit. Einmal hat Lady White ganz rote Augen und im Arbeitszimmer des verstorbenen Lord White steht an diesem Tag ein Strauß weißer Tulpen.

»I think, we should all go out!«, verkündet Gareth an diesem Abend. »What about tomorrow night?«

»Oh, I can't – I have to go to this stupid auction.« Lady White seufzt. Was immer sie auf der Auktion versteigern wird, es scheint ihr schwerzufallen, sich davon zu trennen.

»I wasn't really thinking of you, mother«, sagt Gareth und sieht dabei in Ellas Richtung. Clive prustet los.

»Oh, I see … well …« Lady White knetet ihre Hände, doch dann lacht sie auch. »Silly old me, of course you weren't! You young folks have a good time. Show the girls some nice places around here, will you!«

Ella kann ihre Begeisterung kaum im Zaum halten.

»That's so great«, quietscht sie entzückt. »I would love to see more of this wonderful area! I hear they have some famous caves and moors?«

Ist das dieselbe Schwester, die noch vor kurzer Zeit weinend in meinen Armen lag? Und jetzt will die Verräterin am liebsten sofort mit Gareth in die Höhlen stürzen, weil es da so schön dunkel ist, oder ins neblige Moor, weil sie sich dann an seinem Arm festklammern kann! Mit dem rechten Arm, auf dem rot das »G« leuchtet wie ein Brandmal!

»Good idea!«, lässt sich auch Clive vernehmen.

»Great!«, flattert es aus meinem Mund, noch bevor ich mich besinnen kann. Was ist nur mit mir los? Jungs sind Idioten, war es nicht so?

»Excellent!« Gareth reibt sich die Hände. »We'll do a harbour tour, they have some really good fish and chips there!«

Ich betrachte meine Fingernägel und sehe auch nicht hoch, als Ella mit lieblicher Stimme sagt: »Oh, that's Marleen's favourite!«

Später am Abend muss Ella noch einmal »nach den Blumen sehen«.

Es ist stockfinster im Garten.

Als ich mir langsam Sorgen mache, ob sie vielleicht in den kleinen Teich gefallen ist, begebe ich mich auf die Suche nach ihr. An der Haustür kommt mir Gareth entgegen. Er bleibt erschrocken vor mir stehen wie ein Kalb, das an den elektrischen Zaun gestoßen ist.

»Hi!«, sage ich.

»Hi!«, murmelt er und schiebt sich an mir vorbei. An seiner Wange leuchtet ein roter, glänzender Fleck: Farbton Raspberry.

Im Korridor klingelt das Telefon, scheppernd, nervend und von allen ignoriert.

16

Steve besteht darauf, dass Harringford's die beste Schule Englands ist. Ich schüttele den Kopf.

»But I'm telling you, Lady White's sons had never heard of it!« Ich weiß nicht, wie ich ihm das begreiflich machen soll. Irgendwie frustriert mich dieses Gespräch.

»Well, maybe they weren't good enough to go there«, versetzt er arrogant. »It's not for everyone, you know. What better way to cope with a rejection than pretending it doesn't exist!«

Cookie nickt ehrfürchtig. Mich hingegen regt das auf. Als ob Clive und Gareth jemals behaupten würden, dieses College gäbe es nicht, nur weil man sie dort nicht angenommen hat! Lächerlich! Und Steve finde ich immer unsympathischer, auch wenn er zugegebenermaßen supergut aussieht. Die junge Kellnerin konnte sich gar nicht von unserem Tisch trennen, als wir was bestellt haben, und auch jetzt lungert sie immer im Hintergrund rum und beobachtet uns neidisch. Cookies Piercing sieht gar nicht gut aus, rot und geschwollen. Ab und zu reibt sie daran herum.

»Well, you two have fun!«, sage ich schließlich resigniert. »We are all going out tonight as well.«

»Oh really?«, sagen Cookie und Steve gleichzeitig, aber jeder in einem anderen Ton.

»Wohin denn?«, will sie auf Deutsch wissen.

»Stadtbummel. Ich gehe nur aus Höflichkeit mit«, betone ich.

»What time are you leaving?«, fragt Steve neugierig. Er stellt manchmal wirklich die seltsamsten Fragen.

»I think around 6 pm. Lady White is dropping us off in her car, she is going to this auction.«

»Have fun!«, sagt Steve mit einem Lächeln. »Maybe next time we can come along?«

»Maybe.« Vielleicht sollten wir das ja wirklich mal tun. Cookie würde sich sicher freuen. Obwohl ich mir nicht sicher bin, ob Clive und Gareth Steve mögen würden. So eingebildet wie er auf seine Schule zu sein scheint …

»Tschüss«, sage ich auf Deutsch zu Cookie. Sie kriegt es gar nicht mit, klebt nur an Steves Lippen und lacht albern.

Ella wählt wieder den langen Weg nach Hause, durch die Stadt. Wenn man ihr Glauben schenken kann, hat sie absolut nichts, was sie an diesem denkwürdigen Abend anziehen könnte.

»Und dann dachte ich, vielleicht ein Minirock, passend zu meinen Stiefeln, und dann so eine Weste, du weißt schon, die karierte, die wir …«

»Ella!«

»… die karierte, dazu würden doch diese Ohrringe passen, die …«

»Ella!« Ich bleibe stehen und zeige stumm mit dem Finger auf ein Gebäude vor uns.

»Was?«, fragt sie, aus dem Konzept gebracht.

»Harringford's!«

»Ja, der Laden. Da gibt's aber keine karierten Westen für Mädchen, ich meine …«

»Ella, Harringford's ist ein Laden! Keine Schule!«

Sie bleibt abrupt stehen und guckt mich an.

»Natürlich ist es keine Schule. Es ist ein Klamottenladen für Männer. Marleen, du brauchst mehr Abwechslung!«

Ich stampfe mit dem Fuß auf.

»Nun hör mir doch mal zu! Steve, dieser schleimige Schönling, den Cookie so anbetet, hat behauptet, die beste Schule Englands hieße Harringford's! Aber Clive kennt kein Harringford's. Und jetzt stellt sich heraus, dass es ein Laden in Torquay ist!«

»Na und?«

»Irgendetwas stimmt da nicht. Warum lügt er uns so an?«

Ella guckt gedankenverloren in das Schaufenster.

»Du hast recht«, sagt sie. »Karierte Westen sind zu männlich. Ich nehme lieber ein Kleid.«

Warum kann ich keinen Bruder haben?

Zu Hause stürzt sich Ella sofort in die Vorbereitungen. Sie schmiert sich etwas Grünes ins Gesicht und lackiert sich die Fußnägel. Weil sie mir so auf die Nerven geht, schlendere ich hinaus und pfeife nach Rover.

»Snack time!«, rufe ich. Mein Ziel ist es, ihn zu dressieren.

Rover glotzt mich verständnislos an und schnüffelt an meiner Hand. Sorry, Hund – Schinken gibt es erst nach getaner Arbeit!

»Roll over!«, rufe ich und mache es ihm vor.

»You look cute«, sagt jemand neben mir. Clive!

»Thank you«, erwidere ich automatisch, dann ist er schon wieder fort.

Cute? Was heißt *cute?* Warum habe ich mich gerade eben bedankt? Wer weiß, was er zu mir gesagt hat!

Vielleicht »Du schielst« oder »Dein Etikett hängt raus«. Ich rappele mich hoch und renne zurück ins Zimmer. Wo ist das dämliche Wörterbuch, wenn man es mal wirklich dringend braucht?

Ella hat darauf bestanden, ihre hochhackigen Stiefel anzuziehen (ich wusste gar nicht, dass sie die mitgebracht hat), und nun haben wir den Salat. Wir sind gerade mal in Torquay aus dem Bus ausgestiegen, da hat sie sich schon eine Blase gerieben! Wir kommen nur trippelnd voran, wie ein Seniorenausflug.

»Fish and Chips?«, fragt Ella kläglich.

»Let's go to the waterfront first«, schlägt Gareth vor. Er hat noch gar nicht so richtig mitbekommen, wie sie humpelt.

»Sure.« Ella schleppt sich verbissen weiter.

»Mann, diese Sneakers sind so was von bequem«, schwärme ich und hüpfe vor ihr her. »Wusstest du eigentlich, dass sie im Mittelalter als Foltermethode die Zehen zerquetscht haben? Das muss vielleicht wehgetan haben!«

»Hör auf, du bist gemein!«, schimpft sie leise. Nein, bin ich nicht. Nur praktisch veranlagt. Und wer schön sein will, muss eben leiden!

Eine Familie kommt uns entgegen, die Kinder mit klebriger rosa Zuckerwatte in der Hand. Der Mann trägt mit verlegenem Gesichtsausdruck ein neongrünes Plüschschwein, offenbar ein Hauptgewinn. Clive bleibt stehen und sieht ihnen hinterher.

»Of course, the summer fair!«, sagt er.

»Oh, yeah. Forgot about that. Let's go there!«, stimmt Gareth mit ein.

Summer Fair? Wohl eine Art Jahrmarkt, denn immer mehr Leute kommen uns entgegen, die Ballons tragen oder Popcorn essen.

»How far away is it?« Ellas Stimme klingt ganz dünn.

»Uh, not far. Maybe a mile along the promenade?« Gareth greift aufgeregt nach Ellas Hand. »Last year they had the Wheel of Fire. It swirled you around like crazy, it was fantastic!« Dann bleibt er plötzlich stehen. Er hat gemerkt, wie wackelig sie läuft. Ella braucht kein Feuerrad. Es dreht sich schon in ihren Stiefeln!

»What's the matter?«

»My shoes«, jammert Ella. Sie heult fast. »I don't think I can walk that far.«

»Go barefoot«, schlägt Clive vor. Ella ächzt verächtlich.

»Let's take a cab.« Gareth streckt seinen Arm aus. Wie aus dem Nichts erscheint ein Auto neben uns, so ein altes, schwarzes Taxi, wie aus dem Film.

Gareth hält die Tür auf. Ella nähert sich dem Gefährt vorsichtig wie einem offenen Sarg. Innen ist es unheimlich geräumig, mit hoher Decke und einer gläsernen Trennwand zum Fahrer. Ist das kugelsicheres Glas?

»Where to, love?«, fragt der Fahrer Ella, die als Erste eingestiegen ist.

»The fair«, antwortet Gareth schnell für sie und schon sausen wir überraschend wendig und flink durch den Verkehr. Wie herrlich die abendliche Stadt aussieht! Die Palmen an der Promenade, die vielen sorglosen Leute, das Meer – ich komme mir fast vor wie in Italien. Als wir an einer Ampel halten, werfe ich kurz einen Blick in ein Straßencafé. Nanu, ist das nicht Cookie, die dort einsam und traurig an einem Tisch sitzt? Aber da fahren wir schon weiter. Wahrscheinlich nur ein Mädchen, das ihr ähnlich sah. Cookie ja ist heute Abend mit Steve zum Dinner unterwegs. Außerdem kann ich mich nicht konzentrieren, denn Clive sitzt neben mir. Und obwohl ich mir doch nach dem Reinfall mit Sascha geschworen habe, mich auf dieser Reise von allen Jungs fernzuhalten, kann ich jetzt hier im Taxi mit Clive nur an eins denken. An den Punkt, an dem sich unsere Knie berühren.

17

Auf dem Jahrmarkt kommt man sowieso nur im Schnecktentempo vorwärts. Ella nutzt die Gunst der Stunde und hält sich an Gareths Arm fest, der sie wie ein Bodyguard durch die Massen leitet. Es gibt altmodische Karussells und moderne wilde Fahrbahnen. Wir kaufen ein paar *toffee-apples*, die an den Zähnen kleben bleiben, und dann noch ein paar Chips. Für mich ohne Essig. Ella und Gareth fahren danach auf einem Rollercoaster, der wie ein verrückt gewordenes Stahlungeheuer hin und her zuckt.

»Do you want to have a go?«, fragt Clive.

»Not really.« Mir wird total schnell schlecht auf solchen Dingern. Clive scheint mich zu verstehen.

»Don't really like them myself«, murmelt er. Ich wette, das stimmt nicht. Er schwindelt für mich! Das macht mich unheimlich glücklich!

»Hey!« Ich zeige nach vorn. Dort gibt es etwas, das *fortune telling* heißt. Wahrsagen. Ein Mann auf Stelzen und mit Zylinder versucht, Leute anzulocken.

»Let's go!«, sagt Clive plötzlich und zieht mich mit sich.

Ich weiß nicht so recht. Will ich meine Zukunft wissen? Ich schiele zu Clive. Er hält immer noch meine Hand fest. Um diesen schönen Zustand zu verlängern, komme ich also mit.

Vor einem Tisch sitzt eine dicke Frau und strickt. Sie hat goldene Ringe in den Ohren und streift uns mit einem gelangweilten Blick.

»That would be two pounds for one fortune, three for two please«, bemerkt sie und zeigt auf einen Korb. Darin liegen kleine Papierbriefchen. Ich wusste bislang gar nicht, dass es bei Prophezeiungen Mengenrabatt gibt. Clive gibt ihr drei Pfund und zieht ein Papier heraus. Das wird ein schöner Nepp sein, aber ich nehme mir auch eins. Wir sehen uns an, grinsen und reißen gleichzeitig unsere Briefchen auf.

»An unpleasant surprise is waiting for you!«, lese ich laut.

»Really?«, neckt mich Clive. »What would that be? My Mum's dinner?«

»Show me yours!« Ich versuche, ihm den Zettel wegzuschnappen, aber er hält ihn fest.

»Please!«

Seltsamerweise läuft Clive rot an. Ich reiße ihm den zerknitterten Zettel weg. Kichernd lese ich vor.

»The one you love is closer than you think!«

Mir fällt beim besten Willen nichts ein, was ich

darauf sagen könnte. Hektisch lasse ich meinen Blick durch die Menge kreisen.

»Ella!«, rufe ich erleichtert, gefolgt von einem erschrockenen »Oh, no!«

Ella heult. Und ist barfuß.

Und wird von Gareth getragen.

»She took off her boots because they were hurting so much and stepped right into some broken glass«, informiert uns Gareth.

»Bloody hell«, sagt Clive. Dem kann ich nur zustimmen. Arme Ella, jetzt tut sie mir doch leid. Ihre Fußsohle hat einen bösen Schnitt und blutet.

An unpleasant surprise … Sollten die albernen Zettel etwa wahr sein?

»Let's get you to a hospital«, sagt Gareth.

»No!«, kreischt Ella und schüttelt heftig den Kopf. »I want to go home. I'll be okay!«

Wir stehen betreten vor ihr. Keiner hat Lust, den restlichen Abend in einem überfüllten Krankenhaus herumzusitzen. Unser toller Ausflug hat nicht mal eine Stunde lang gedauert!

»Okay, but you can't walk.« Clive spricht es aus.

»Maybe we can get another taxi?« Gareth setzt Ella vorsichtig ab. Sie versucht aufzutreten und verzieht schmerzvoll das Gesicht.

Doch so leicht es war, ein Taxi zu finden, das uns hierhergefahren hat, so unmöglich scheint es zu sein, eins für den Rückweg aufzugabeln. An einem Taxistand stehen mindestens zehn Familien und warten mit ketchupverschmierten Kleinkindern.

»We could take the bus«, schlägt Gareth vor, und da gerade einer kommt, überlegen wir nicht lange. Die beiden Jungs stützen Ella, die auf einem Bein zum Bus hüpft. Der Fahrer ist so nett, dass er uns sogar bis vor das große Tor von Lady Whites Haus fährt, obwohl die Haltestelle weiter unten an der Straße ist.

»Better have that foot looked at by a doctor«, ruft er uns nach, als wir aussteigen.

Der Einfahrtsweg erscheint uns plötzlich unendlich lang. Clive, Gareth und Ella bleiben nach ein paar Metern erschöpft stehen.

»We could carry her.« Gareth und Clive machen eine Art Räuberleiter mit ihren Händen und setzen Ella darauf. Jetzt kommen sie noch langsamer vorwärts, denn – das muss man leider sagen – meine Schwester ist kein Fliegengewicht.

»Marleen, why don't you run up to the house? There should be some crutches in the cellar from some years ago when my Mom broke her leg!«

»Crutches?« Wie soll ich etwas holen, wenn ich nicht weiß, was es ist?

»Krücken!«, keucht Ella mit letzter Kraft, und bevor ich mich wundern kann, woher sie die Bedeutung dieses Wortes kennt, rase ich schon den Kiesweg hinauf zum Haus.

Verwundert bleibe ich davor stehen. Die kleine Lampe über dem Eingang brennt und mein Blick bleibt an etwas hängen. Ein Kellerfenster ist herausgehoben. Was ist das denn? Hat Edwin etwas repariert? Aber abends, im Dunkeln? Vorhin war das Fenster noch drin, da bin ich mir ziemlich sicher. Unsicher schließe ich die Tür auf. Vorsichtig. In der Eingangshalle ist alles dunkel und still. Warum mache ich nicht einfach das Licht an und gehe in den Keller?

Plötzlich höre ich ein Geräusch. Meine Nackenhärchen stellen sich auf. »Edwin?«, krächze ich leise – so leise, dass er mich sowieso nicht hören würde. Vorausgesetzt, es ist Edwin.

Das Geräusch kommt aus dem Keller. Es klingt wie ein Schlurfen. Ist Edwin da unten? Aber warum sollte er im Keller herumkriechen? Kurz entschlossen gehe ich die Treppe hinunter, lasse das Licht aber aus.

Ein eigenartiges Gefühl überkommt mich. Mir ist früher gar nicht aufgefallen, wie kalt es hier unten ist.

Dann gibt es einen dumpfen Knall, als ob etwas herunterfällt.

»Shit!«, flucht jemand leise.

Vorsichtig schleiche ich um die Ecke und halte die Luft an. *Clive, Gareth, Edwin!*, will ich sagen, aber kein Wort kommt aus meiner Kehle.

Denn insgeheim weiß ich, dass hier weder Clive noch Gareth noch Edwin am Werke sind. Die Jungs schleppen Ella den Weg hinauf und werden froh sein, wenn sie sie durch die Tür bugsieren können. Bestimmt nicht durch ein Kellerfenster! Und warum sollte Edwin hier fluchend im Dunkeln herumwirtschaften?

Doch wer zum Teufel ist es dann?

»Well, well, well«, sagt eine ölige Stimme dicht hinter mir. Mein Herz setzt vor Schreck eine Sekunde lang aus. *An unpleasant surprise is waiting for you!* So langsam ich kann, drehe ich mich um. Und fange fast an zu lachen.

Vor mir steht Steve!

»What are you doing here?«, frage ich ihn erleichtert. »Where is Cookie?«

Steve antwortet nicht. Er starrt mich an, als wäre ich gerade vom Himmel gefallen. Und dann sehe ich etwas in seinen Augen, das gar nicht zu dieser absurden Situation passt.

Wut! Seine Augen stehen eng zusammen vor Wut.

»Steve?«, frage ich verwundert. Er packt mich grob am Handgelenk. Eine kleine, kalte Faust scheint in meinen Magen zu boxen, denn von Steves Freundlichkeit ist nichts mehr übrig geblieben. Und als auf einmal ein zweiter Mann auftaucht und »Where the fuck is it?« sagt, kapiere ich endlich, was hier läuft.

Steve ist hier eingebrochen!

»Was … was willst du?«, stottere ich. Vor Aufregung habe ich mein ganzes Englisch vergessen.

»Where's the compass?«, knurrt Steve. »Are you the only one here?«

»No … I mean yes. The compass is in that room.«

Verzeih mir, Lady White, bitte ich im Stillen. Ich weiß nicht, was ich sonst tun könnte. Auf jeden Fall wissen sie nicht, dass die anderen gleich oben hereinkommen.

»I'm alone«, lüge ich. »I wasn't feeling well enough to …«

»Shut up!«, sagt Steve. Nervös huschen seine Augen hin und her. Sein Kumpan ist im anderen Zimmer und sucht. Warum bricht Steve hier ein, um den Kompass zu stehlen?

»Why do you want this compass?«, frage ich ihn.

»Shut up!«, zischt er wieder. Wo ist eigentlich Rover? Panik steigt in mir auf, aber ich will mir keine Angst einjagen lassen. Das hier ist Steve, der schleimige Angeber, mit seiner Lederjacke und seinem Filmstarlächeln!

»I know about Harringford's!«, sage ich wütend. »It's just a shop. There is no such school. You lied!«

Steve grinst eine Nanosekunde lang wie ein Haifisch.

»Your stupid friend believes everything I tell her. What an airhead!«

Die arme Cookie, in ihrer Verliebtheit und Begeisterung … Ich sehe sie vor mir, wie aufgeregt sie heute war, trotz ihres eiternden Piercings. Hier geht es nicht nur um Lady Whites Besitztümer, die sowieso täglich schrumpfen. Hier geht es auch um Cookies Ehre! Ich bin mir jetzt sicher, dass sie es war, die im Café gesessen hat, während der ach so tolle Steve sich auf den Weg zu Lady Whites Haus gemacht hat! Ich muss die beiden nach oben lotsen. Zu viert haben wir eher eine Chance, mit ihnen fertig zu werden.

Daher reagiere ich schnell, als Steves Kumpan wieder hereinkommt. Zu meinem Entsetzen hält er den Kompass triumphierend in die Luft.

»Upstairs is a lot more stuff«, locke ich. »Lots and lots of valuable things!«

Steve schielt mich misstrauisch an, aber dann überwiegt seine Gier.

»Show us where!«, befiehlt er mir und schiebt mich zur Treppe. »And if you tell a single soul about this you are history – you understand?«

Das glaube ich ihm sofort. Mir ist kalt, aber gleichzeitig schwitze ich und meine Hände zittern. Wenn dieser Scheißtyp jemals auf einer Privatschule war, küsse ich freiwillig Konstantin auf den Mund!

Oben überlege ich blitzschnell, was ich tun kann. Ich kann die anderen den Weg entlangkommen hören. Steve bleibt misstrauisch stehen. Er spitzt die Ohren.

»What the …«, beginnt er. Dann fällt mir etwas ein. Dieser Dummbatzen spricht garantiert kein Deutsch.

»Hier sind zwei Einbrecher, die durch den Keller

gekommen sind!«, brülle ich auf Deutsch und hoffe, dass Ella schon in Hörweite ist.

»What was that?« Steves Kumpan schiebt sein wütendes Gesicht vor meins, so nah, dass ich seinen ranzigen Atem riechen kann. »Don't play games, Missy!«

»I'm just thinking out loud in German«, sage ich und brülle noch lauter weiter. »Hallo Ella, passt auf! Hier sind zwei widerliche Typen!«

Ella, Ella, Ella, nun hör mich doch, verdammt noch mal!

Die Tür geht auf! Endlich. Im Türrahmen steht Gareth, hinter ihm stützt sich Ella auf seine Schulter.

Steve fallen bald die Augen raus. Gareth tritt erschrocken einen Schritt zurück.

Und dann klingelt das Telefon. Es ist 20.32 Uhr – Zeit für Guidos Kontrollanruf!

Bewegungslos stehen wir alle da und fixieren einander. Das Telefon schrillt dreimal, dann schaltet sich der Anrufbeantworter an.

»Ella, Häschen, das ist wirklich gemein«, ertönt Guidos näselnde Stimme überlaut in Lady Whites Eingangshalle. Es klingt wie eine Nachricht aus dem Jenseits. »Ich sitze hier und warte auf deinen Anruf und du meldest dich einfach nicht. Weißt du eigentlich, wie ich …« Das Telefon fällt mit einem Krachen zu Boden. Erst jetzt bemerke ich, dass Steves Freund einen Baseballschläger in der Hand hält. Und nun ist auch noch das Telefon kaputt!

Aber wo ist Clive?

»You don't seriously believe you can get away with this?«, fragt Gareth die beiden. Er klingt ganz ruhig.

Steve tritt auf ihn zu und versetzt ihm einen Stoß. Gareth stolpert nach hinten, sodass Ella stürzt. Sofort heult sie vor Schmerz auf. Durch die offene Tür kann ich jetzt sehen, dass keiner mehr auf dem Weg ist. Wo zum Kuckuck steckt Clive?

Steve packt mich an der Kapuze meines Sweatshirts und schüttelt mich. »Who else is here? Is the old bat coming too?« Die alte Fledermaus? Meint er etwa Lady White?

Ich bekomme kaum noch Luft, doch dann sehe ich einen Schatten, der durch die Luft fliegt, und auf einmal geht alles ganz schnell.

Mein Freund Rover stürzt sich auf Steve.

»Get off, you bloody dog«, kreischt er.

Und als sein Kumpan ihm zu Hilfe kommen will, zieht ihm jemand von hinten die Beine weg.

Clive! Mein süßer Ritter Clive!

Blitzschnell hat er ihm die Arme auf den Rücken gedreht. Dann kommt ihm auch schon Gareth zu Hilfe und gemeinsam überwältigen sie die beiden Einbrecher. Und gerade, als ich mich frage, wie lange sie wohl die Oberhand behalten werden, ertönen Polizeisirenen, die immer näher kommen.

»Sorry, mate«, sagt Clive. »But I just popped in through the back door and called the police with my mobile outside while you were all busy listening to our German friend on the phone. And just for the record – my mother is not an old bat!« Damit tritt er ihn in den Hintern.

Steve gibt ein hasserfülltes Grunzen von sich. Rover hat seine Hose fest im Griff. Die Polizeisirenen kommen immer näher, bis schließlich auch grelles Scheinwerferlicht in die Eingangshalle fällt und Autotüren klappen.

Ich atme tief aus. Auf einmal merke ich, wie mir ganz schwindlig wird. Doch bevor ich noch auf meinen wackligen Beinen umknicken kann, spüre ich, wie jemand mich mit ruhiger Hand festhält.

»It's okay«, flüstert Clive in mein Ohr. »It's over.«

18

Ella hüpft zur Tür und lässt zwei Polizisten herein, eine Frau und einen Mann. Sie tragen die typisch englischen, hohen schwarzen Uniformhüte, und unter anderen Umständen würden Ella und ich sofort anfangen zu lachen, aber der Schreck steckt uns noch zu sehr in den Knochen.

Gareth redet sofort in schnellem Englisch auf die beiden ein. Ich verstehe so gut wie nichts außer: »She found them!« Dabei zeigt er auf mich und auf einmal sehen mich alle an.

»Is anybody hurt?«, fragt der Polizist, der sich als PC Fletcher vorgestellt hat.

»Yes!«, schnauft Steve und versucht, Rover abzuschütteln, der sich triumphierend auf seinem Brustkorb abstützt. Bestimmt wartet er auf ein Stück Schinken. »Tell them to take that stupid dog off me! We were only joking.«

»Yeah, that's right. Only joking!«, stimmt ihm sein widerlicher Kumpan sofort zu.

PC Fletcher sieht uns misstrauisch an. »Have you been drinking?«, fragt er dann.

Empört schüttele ich den Kopf. Was denkt er denn eigentlich? Dass wir hier eine ausgelassene Party hatten, die ein bisschen außer Kontrolle geraten ist?

»Well, let's take a statement«, sagt seine Kollegin, PC Pace. »Are these your friends?« Sie deutet auf Steve und seinen Helfer.

»I have never seen those two idiots in my life!«, erklärt Gareth.

»Me neither«, sagt Clive.

»But I have«, mische ich mich ein.

»So they are your friends?«

»No! I just know them. One of them«, verbessere ich mich.

»Of course we are friends«, ertönt auf einmal Steves Stimme. Er grinst mich frech an.

»I'm her best friend's boyfriend. That's what I mean, it is all a big misunderstanding!«

So eine Gemeinheit, was fällt ihm ein?

»Look, I understand you had some kind of argument but as long as nobody has been hurt and nothing has been stolen, there is not much we can do«, erklärt PC Fletcher leicht gelangweilt. Ich fasse es einfach nicht.

»They came in …«, beginne ich, aber vor Aufregung kommt kein vernünftiger Satz aus meinem Mund heraus. Dabei hängt doch alles von mir ab, ich habe die beiden ja im Keller überrascht. Voller Wut denke ich an die endlosen, langweiligen Englischstunden mit Mrs Kupfer zurück. Alles Mögliche haben wir geübt – Rollenspiele im Gemüseladen, auf der Post, beim Arzt, auf dem Bahnhof. Herrgott, sie hat uns sogar gedrillt, wie man Roastbeef mit Meerrettich-Soße bestellt, aber kein einziges Mal tauchte auch nur das Thema Polizei und Einbrecher auf! Da sieht man mal wieder, wie die Schule am Leben vorbeigeht!

»They came through a window in the cellar.« Endlich ist mir das richtige Englisch eingefallen. »You can have a look at it.«

»That was part of our surprise!« Steve winkt großzügig mit der Hand ab.

»Kennen wir den Typen nicht von irgendwoher?«, fragt Ella mich verdutzt. Sie versteht überhaupt nichts mehr.

»Oh, really?« Gareth platzt jetzt bald vor Wut. »And when you pushed me and my girlfriend – was that part of your surprise, too?«

Ella gibt ein entzücktes leises Quieken von sich, als sie das Wort »girlfriend« hört.

»And when you broke our phone, was that some kind of party trick?« Clive mischt sich nun auch ein. PC Fletcher verdreht leicht die Augen. *Teenager, was willst du da noch machen,* heißt das wohl. Wahrscheinlich hat er keine Lust, sich mit diesem blöden Fall zu belasten.

»And the compass!«, rufe ich triumphierend. Wie

konnte ich den vergessen. »They tried to steal the compass!«

»What compass?«, fragt PC Pace. Auch Clive und Gareth sehen mich fragend an.

»The one …« Ich verstumme. Wo ist der Kompass hin? Steves grässlicher Freund hatte ihn doch vorhin noch in der Hand? Hektisch sehe ich mich um. Der Kompass ist nirgendwo zu sehen. Aus den Augenwinkeln nehme ich wahr, wie Steve amüsiert kichert. Ein schneller Blick die Kellertreppe hinunter bringt Aufklärung. Der Kompass liegt auf der untersten Treppenstufe. Wahrscheinlich haben sie ihn dort abgelegt, um später darauf zurückzukommen.

»It is down there.« Ich zeige mit dem Finger nach unten.

»Nothing to do with us!«, sagt Steve sofort. Er lacht auf eine besonders schadenfrohe Art.

PC Pace sieht mich bedauernd an. »Sorry, but there is no proof that they tried to steal anything. They have nothing on them.« Ich habe das Gefühl, dass sie mir glaubt. Aber offenbar kann sie auch nichts machen.

»Well, does anyone want to file a complaint?«, fragt PC Fletcher laut und schielt dabei auf die Uhr. Offenbar hat er bald Feierabend.

»Yes!«, sagen Clive und Gareth sofort.

»Yes«, sagt auch Steve zu meiner grenzenlosen Überraschung. Frech wie Oskar, es ist unglaublich. *Er* will Anzeige erstatten?

»What?«, rutscht es mir heraus.

»I would like to file a complaint because this animal hurt me!« Anklagend reibt Steve sich sein Bein.

»You deserved it«, bemerkt Clive voller Wut, dann wendet er sich an PC Pace. »My brother and I would like to file a complaint. These two were breaking and entering our property. They clearly came here to steal something, even if we can't prove it.«

PC Fletcher stöhnt leise auf. Dann nickt er seiner Kollegin zu, die in ihr Funkgerät spricht.

»Name?«, wendet er sich missmutig an Steve.

»Steve«, antwortet dieser. Dann blickt er mir direkt in die Augen. »Steve Harringford.«

Ich gebe einen fassungslosen Laut von mir.

»That's not his real name!«, unterbreche ich die Befragung.

PC Fletcher atmet geräuschvoll aus.

»What is his real name then?«, fragt er mich ergeben. Es ist nicht zu übersehen, dass all meine Bemerkungen seinen Dienst unnötig verzögern.

»Steve … I don't know.« Ich werde rot. Clive klopft mir aufmunternd auf die Schulter.

»Steve I don't know!«, wiederholt Steves Kumpel begeistert. »That's a new one!«

Ich kann die spöttischen Gesichter der beiden kaum noch ertragen. Das hier läuft alles so schief, es ist zum Verrücktwerden.

»So you don't know«, wiederholt auch PC Fletcher

langsam, als habe er es mit einem besonders schweren Fall von Teenage-Demenz zu tun. In diesem Moment hört man draußen ein Auto vorfahren.

»Clive? Gareth? Girls?« Die angstvolle Stimme von Lady White klingt zu uns herein. »Are you okay? What happened?« Den letzten Satz sagt sie schon in der Eingangshalle. So aufgewühlt habe ich sie noch nie gesehen. Ihre Jacke steht offen und zwei Haarspangen haben sich aus ihrem Dutt gelöst und hängen wie kleine Äste in ihr Gesicht hinein.

»We have two burglars«, sagt Gareth. »Marleen caught them.«

»Oh, you poor girl!« Lady White stürzt zu mir. »Are you all right?«

»It was only a joke«, behauptet Steve erneut. Dieser schleimige Typ gibt nie auf. So langsam dämmert mir, dass Steve ein ausgekochter Profi ist. Er reagiert so gelassen und kühl wie ein Schauspieler.

»Are you the mother?«, fragt PC Pace. Lady White nickt verstört.

PC Fletcher lässt sich auf einen von Lady Whites antiken Stühlen plumpsen.

»If you would like to file a complaint, we have to start again«, sagt er beleidigt. Es ist klar, dass er dies alles immer noch für einen Dummejungenstreich hält.

Und plötzlich schießen mir vor lauter Wut Tränen in die Augen.

19

Eine Stunde später sitzen wir zu fünft in der großen Küche von Lady White. Ich trinke bereits meine dritte Tasse Tee, mit Milch und Zucker wie eine waschechte Engländerin. Lady White ist immer noch ganz blass und macht sich schreckliche Vorwürfe.

»I am so embarrassed«, sagt sie immer wieder. »Your parents must hate me now. God knows what could have happened! How could I leave you alone like that?«

Sie schämt sich furchtbar, dabei ist es doch gar nicht ihre Schuld. Wenn überhaupt, dann ist es meine Schuld, denn ich habe alles ausgeplappert, über den Kompass und über die Antiquitäten in dem ach so großen Haus … Aber wie konnte ich schließlich auch ahnen, dass Steve so ein hinterlistiger Kerl ist? Ein Krimineller!

Doch Lady White will nichts davon hören.

»Of course this isn't your fault«, beschwichtigt sie mich. »That silly old compass does not matter. It is just one of those pieces of junk from William. I should really clear up the cellar and start getting rid of all that. But I don't even seem to be able to sell the really good stuff …«

Sie hat einen traurigen Blick bekommen. Bei der Auktion lief es wohl nicht so gut und sie hat nichts versteigern können.

Girlfriend Ella kuschelt sich glücklich an Gareth. Irgendwann im Laufe dieses chaotischen Abends ist aus den beiden das neue Liebespaar des Jahrhunderts geworden. Wie macht meine Schwester das nur? Clive reicht mir zwar ab und zu ein neues Papiertaschentuch, in das ich wie ein Elefant hineinröhre, aber sonst hält er vornehmen Abstand zu mir. Dabei könnte ich doch gerade jetzt ein bisschen Trost gebrauchen.

»At least you are all okay«, sagt Lady White. »That is the only thing that matters. And Ella's foot got a proper bandage.«

»But what about Steve?«, frage ich. Falls das überhaupt sein richtiger Name ist. Dummerweise hält die Polizei alles für eine Streiterei unter Freunden, denn dass ich ihn durch Cookie kenne, ist eine Tatsache, die ich nicht verleugnen kann. Und das macht alles nur noch schlimmer.

PC Fletcher hat die beiden mit auf das Revier genommen, um ihre Personalien aufzunehmen. Doch wenn nichts weiter vorliegt, werden sie wieder auf freien Fuß gesetzt.

Cookie! Siedend heiß fällt mir meine arme Freundin ein. Ich muss sie sofort anrufen. Doch bei Cookie nimmt nur eine Frau mit starkem Akzent ab – eine der vielen indischen Verwandten, die gerade das Hochzeitsessen vorbereiten.

»Cookies? What Cookies? I was not told to make cookies«, sagt sie nur immer wieder verwirrt. Ich gebe es auf.

Unglücklich kauere ich am Tisch und streichele Rover. Er hat vorhin schmatzend das allerletzte Stück Schinken verzehrt. Eigentlich sollte es noch ein paar Tage ausreichen, aber schließlich hat er uns alle gerettet. So ein Hund ist schon eine feine Sache. Wenn Ella wirklich bei unseren Eltern um einen Hund bettelt, werde ich sie auf jeden Fall unterstützen. Aber es darf nicht so ein kleines Fiffi-Hündchen sein, das in die Handtasche passt – vielleicht noch mit Schleife im Haar und gestricktem Umhang. Wenn schon, dann ein richtiger Heldenhund wie Rover.

»Are you feeling okay?«, fragt mich Clive mit sanfter Stimme. Mitfühlend sieht er mich an.

»No«, antworte ich wahrheitsgemäß. »I keep thinking about the compass. There is something about it. Why would that crook Steve want to take it – of all the antique things in this house?«

Clive streicht sich nachdenklich übers Kinn.

»I have no idea«, gibt er zu. »Why don't we try to find out?«

»How?«, flüstere ich beeindruckt.

Clive grinst kurz.

»The Internet«, sagt er. »Ever heard of that?«

Obwohl mir mehr nach Heulen zumute ist, muss ich auch ein bisschen lächeln.

»I might have«, sage ich.

»Come on then«, sagt Clive. Und greift nach meiner Hand, um mich vom Tisch hochzuziehen.

Yes, yes, yes, jubele ich innerlich, doch da lässt er schon wieder los. »Let's go to my room.«

Ella nickt mir aufmunternd zu. Sollte sie jemals das Abitur schaffen, wird sie garantiert Eheberaterin.

Clive sitzt am Computer, ich auf dem Hocker neben ihm. Der Kompass liegt auf einem Kissen zwischen uns wie unser gemeinsames Kind. Sofort verdränge ich diesen Gedanken wieder und versuche, nicht auf Clives linke Hand zu sehen, die geistesabwesend den Kompass streichelt.

»Come on, come on!« Clive schnipst ungeduldig an den Bildschirm. »This thing is older than the bloody compass«, beschwert er sich. »Our mother is a technophobe, it's a miracle we got Internet installed some years ago!«

Endlich hat er eine Verbindung.

»I start with Robert«, sagt er und tippt *Robert Greenock* in die Suchmaschine. Robert Greenock ist bei Facebook! Er hat eine Frisur wie Tintin, zwei einsame

Freunde und steht vor einem Plastikbaum in einer Hotellobby.

»What do you think?«, fragt Clive. Ich denke, dass dieser Typ dringend eine Stilberatung braucht und auf gar keinen Fall was mit unserem Kompass zu tun hat.

»Maybe not«, sagt auch Clive.

Zwei weitere Robert Greenocks tummeln sich im Internet, aber man erfährt nur, dass sie in den USA leben. Alles Weitere nur mit Vorauskasse an eine dubiose Informationsfirma.

Ich grübele eine Weile. »You forgot love«, fällt es mir plötzlich ein.

»How could I ever forget about love?«, antwortet er, ohne mich anzusehen, und tippt *love* zwischen *Robert* und *Greenock*.

Ein warmes Kribbeln breitet sich in mir aus und vor lauter Verlegenheit tätschele ich den Kompass. Was genau hat Clive da eben gemeint? Diese Kombination bringt uns auch nicht weiter, also tippt er nur *Greenock*.

»Bingo!«, sagt er plötzlich und liest vor. »Greenock – a Scottish port, renowned for its shipbuilding and instrument making from the early 1800's on.«

»So this compass was made in Greenock?«, frage ich verblüfft. Warum bin ich eigentlich nicht selbst auf die Idee gekommen, mal online nachzulesen?

»Looks like it«, sagt Clive. »It could be as old as from the early 1800's. No wonder that slime ball was after it!« Beschützend legt er seine Hand wieder auf das Kompass-Baby, allerdings liegt da schon meine. Wie elektrisiert zuckt er zurück.

»Sorry«, murmele ich.

»No problem«, krächzt Clive und bekommt rote Flecken am Hals, die aus seinem Kragen zu kriechen scheinen.

»What about that message with Mary and Captain George?« Ich möchte ewig hierbleiben, im schützenden Dämmerlicht von Clives chaotischem Zimmer, wo er so nah neben mir sitzt, dass ich die kleinen Härchen auf seinem Arm sehen und sein Shampoo riechen kann, und wo wir beide stumm auf das blaue Flackern des Computers starren wie zwei prähistorische Teenager ins Höhlenfeuer.

Es gibt 40 Millionen Ergebnisse für *George*, ungefähr ebenso viele für *Mary*, aber nur ein paar für *Mary and George* und die sind nicht nützlich.

»Hm.« Clive trommelt mit den Fingern auf den Tisch.

»Hm«, mache ich es ihm nach.

»It said *Bon Voyage, Alert*, maybe check that as well«, unterbreche ich unser Schweigen nach einer Weile. Clive tippt *HMS Alert* ein.

»What is HMS?«

»Her Majesty's Ship. The Queen«, fügt Clive hinzu, als er mein verständnisloses Gesicht sieht. Dann blickt er wieder auf den Bildschirm und stößt einen Pfiff aus.

»Clever girl!«, sagt er zu mir und dreht den Computer leicht nach links, sodass ich besser mitlesen kann. Es gab über zehn Schiffe mit diesem Namen. Das erste stach 1753 in See! Aber woher sollen wir wissen, zu welchem Schiff unser Kompass gehört?

Ich lese mich durch all die Beschreibungen, von denen ich sowieso nur die Hälfte verstehe, doch dann bleibe ich an etwas hängen.

»It's this one!«, rufe ich in höchster Aufregung, denn in diesem Moment ist mir wieder eingefallen, was ich im Keller gelesen habe – die Arktis-Expedition! Ob der Zettel noch da unten ist? Wieselflink stürze ich an dem verblüfften Clive vorbei und renne die Kellertreppe hinunter. Zum wievielten Mal heute eigentlich?

Ja, da liegt er! Zum Glück haben die beiden Diebe ihn nicht für wichtig genug gehalten.

Wieder oben, schiebe ich Clive hastig das Papier zu. Der liest und seine Augen werden immer größer.

»Blimey«, sagt er. »I think we are holding the actual compass from that Arctic Expedition in our hands.«

»1876!« Ich bin so aufgeregt, dass ich fast brülle. So ein alter Kompass ist doch bestimmt eine Menge Geld wert! Mindestens ein paar Hundert Pfund!

»Shh!«, macht Clive. »I don't want mother to know just yet.«

Konzentriert tippt er auf der Tastatur herum. Für den Moment scheint er mich ganz vergessen zu haben. Er liest einen Artikel über die Arktis-Expedition der HMS Alert. Das Schiff erreichte den nördlichsten Punkt in der Arktis, so weit war bis dahin niemand anderes gekommen. Dann mussten sie allerdings umkehren, weil alle an Bord krank waren. Skorbut, fällt es mir wieder ein. Das Wort hatte ich sogar in meinem Wörterbuch gefunden.

»Look, what I found«, sagt Clive auf einmal. »Have a guess what the Captain was called!« Er rutscht vor Aufregung auf dem Stuhl herum, dann platzt es aus ihm heraus, noch bevor ich Luft holen kann.

»George Nares!« Triumphierend sieht er mich an.

»George, of course«, wiederhole ich andächtig.

Clive öffnet eine neue Webseite.

»And his wife was called …«

»… Mary«, beende ich seinen Satz. Wir sehen uns an.

»You are quite the little Sherlock Holmes, aren't you?« Clive gibt mir einen kleinen Stups und ich schwöre, das ist das netteste Kompliment, das mir je ein Junge gemacht hat. Ich bin eben eine Frau mit Grips, nicht nur mit blendendem Aussehen!

»Incredible«, sagt Clive kopfschüttelnd. »I had no idea. I wonder what my Dad wanted to do with this. It must be worth something.« Ein glückliches Lächeln zieht über sein Gesicht. Ich rutsche noch ein Stückchen näher. Clive schiebt mir eine Haarsträhne aus dem Gesicht und klemmt sie hinter mein Ohr.

»How lucky we are to have you here!«, sagt er leise.

»How lucky I am to be here«, flüstere ich zurück. Wenn er mich jetzt nicht sofort küsst, falle ich vom Hocker wie ein Sack Kartoffeln.

»Marleen? Where are you, dear? Your parents are on the phone!« Wir schrecken auseinander wie aufgescheuchte Schafe.

Draußen vor der Tür steht Lady White. »I'm not sure if your father understands English, why don't you talk to him.«

»Marleen? Marleen? Geh doch mal ran! Was erzählt die Frau da? Was ist denn da los bei euch?« Die Stimme meines Vaters quäkt laut und aufgeregt aus dem Hörer wie Donald Duck.

Typisch meine Eltern. Das rechte Wort zur rechten Zeit schafft Frohsinn und Gemütlichkeit!

Später, als ich schon im Bett liege und dem rachitischen Schnaufen meiner Schwester lausche, klopft es auf einmal leise an der Tür. Gareth hat es wohl ganz schön erwischt. Doch es ist Clives Kopf, der vorsichtig durch den Türspalt lugt.

»Hey«, flüstert er. »Are you still awake?«

»Yes.« Ich setze mich ruckartig auf. Was um alles in der Welt hat er vor? Mein Herz rast wie verrückt.

»You will never believe what I just found out.«

»What?« Hat er endlich gemerkt, dass das sympathischste, intelligenteste und – nicht zu vergessen –

mutigste Mädchen aus ganz Deutschland und England keine vier Meter weit weg von ihm entfernt im Bett sitzt?

»A while ago someone sold an original bottle of beer from the *HMS Alert* on Ebay.«

»A bottle of beer?« Clive hat offenbar auch zu tief ins Glas geguckt. »Why are you telling me this?«

»Because«, sagt Clive und macht eine theatralische Pause, »it sold for eighty thousand pounds!«

»Blimey!«, rutscht es mir heraus. Mein neues Lieblingswort. Kein Wunder, dass Horror-Steve so scharf auf den Kompass war!

Ich verstecke schnell meine kleine lila Schlafkatze unter der Decke und schüttele meine Haare in Form.

Doch da ist Clive schon wieder weg.

Schade.

Manchmal finde ich die englische Höflichkeit wirklich unangebracht.

20

Am nächsten Morgen wache ich schweißgebadet auf. Jemand klingelt an der Haustür, immer wieder. Ich schiebe die dicke Decke von mir und luge vorsichtig aus dem Fenster. Draußen herrscht strahlender Sonnenschein und es ist warm! Die schweren Vorhänge lassen fast kein Licht herein, doch als ich sie beiseiteziehe, ist das Zimmer im Nu sonnendurchflutet.

»Licht aus!«, brummt Ella. Es klingelt wieder.

»Just a minute!«, höre ich Lady White rufen. »Oh, it's you!«, sagt sie dann. Ich spitze die Ohren.

»Forgot my key«, sagt Clive. Wieso ist der schon wach? Hastig greife ich mir ein T-Shirt und ziehe ein Paar Shorts über. Wie es aussieht, ist ja endlich mal Sommerwetter. Lady White steht in einem exzentrisch gemusterten Morgenmantel in der Eingangshalle und liest stirnrunzelnd ein Papier. Ich erkenne den Zettel aus dem Keller.

»So the man will be here in half an hour, mother. You better get dressed!«

»Good Lord!«, sagt Lady White erschrocken und greift sich in die Haare. Sie verschwindet in ihrem Schlafzimmer.

»What man?«, frage ich Clive.

Er sieht überrascht auf.

»I e-mailed this antiques expert last night and he called me straight back. He is going to have a look at the compass and guess its value. I just went to see him. He'll be here soon with his equipment.«

Er kommt näher und sieht mich prüfend an.

»Interesting style«, sagt er auf einmal.

»Thank you!« Stolz sehe ich an mir hinunter und merke, wie mir das Blut in den Kopf schießt. Ich hätte es wissen sollen.

Die Shorts habe ich vor lauter Hektik mit der Innenseite nach außen angezogen und das T-Shirt hat einen riesigen Kaffeefleck in der Form von Afrika auf dem Bauch.

Der Antiquitäten-Mann heißt Mr Clapp und trägt trotz der bereits jetzt schon herrschenden Hitze einen dunkelblauen Nadelstreifenanzug mit Schlips. Seine Glatze funkelt unternehmungslustig.

»Nice to meet you«, begrüßt er uns alle höflich. »Let's have a look at the little treasure then, shall we?«

Er reibt sich erwartungsvoll die Hände und setzt eine schmale Brille auf.

»Nice«, murmelt er, als er den Kompass erblickt.

Wir stehen alle gespannt um ihn herum, außer Ella, die wegen ihrem Fuß, der langsam besser wird, auf einem Stuhl sitzt. Wie praktisch, denn so kann Gareth ihr ab und zu warm in den Nacken hauchen.

»You are a beauty«, sagt Mr Clapp leise. Ich strecke mich geschmeichelt. Ach so, er redet mit dem Kompass. Er dreht ihn hin und her, riecht sogar an ihm. Die Spannung ist geradezu unerträglich.

»Would you like a cup of tea?«, fragt Lady White. Mr Clapp hält eine winzige Lupe zwischen den Zähnen fest.

»Chatwouldchelovely«, antwortet er und legt den Kompass mit dem Deckel nach unten. Lady White begibt sich rasch in die Küche. Ich glaube, sie ist froh, etwas zu tun zu haben.

Nach einer schier endlosen Zeit guckt Mr Clapp endlich wieder hoch. Die Tasse Tee ist mittlerweile neben ihm kalt geworden. Er schiebt sich die Brille auf die Stirn und blinzelt wie ein Maulwurf.

»Well, I would always consult another expert, of course, but I think it is safe to say this is the genuine thing. See that little stamp?« Er zeigt uns einen winzigen Stempel, der nur mit seiner Lupe zu erkennen ist. »And here, see where the metal is slightly rubbed off? This is where it was placed in the Captain's Cabin.«

»So this really is the compass that was used in the expedition?« Gareth kann es gar nicht fassen. Er hört ja heute früh zum ersten Mal davon.

»It looks pretty with the little golden things«, bemerkt Ella.

Lady White sagt gar nichts. Sie sieht fassungslos aus. Und so spricht Clive die Frage aus, die uns allen unter den Nägeln brennt.

»How much is it worth?«

Mr Clapp lächelt genüsslich. Dann guckt er verschwörerisch in die Runde. »Well, in my humble opinion it could fetch up to 200 000 pounds.«

»What?«, schreien wir alle wie aus einem Munde. Lady White ist kreidebleich geworden.

»Of course, that requires a good antique dealer. I believe these kinds of objects are extremely popular with wealthy Arabs and Americans.« Er überreicht der völlig verblüfften Lady White seine Visitenkarte.

»Congratulations, Madam. It is very rare one finds such a beautiful piece of living history.«

»Mum!«, schnieft Clive und sieht auf einmal aus wie ein kleiner Junge. Lady White bringt immer noch nichts heraus. Doch wir alle können sehen, wie sich kleine Tränen in ihren Augen ansammeln. Vor Freude, natürlich.

Aber bestimmt auch ein bisschen vor Wehmut. Denn als sie endlich den Mund öffnet, sagt sie nur ein Wort: »William.«

Sie nestelt an ihrer Kette herum und schaut auf irgendetwas draußen vor dem Fenster.

»Do you think …«, setzt sie zu einer Frage an, dann

versagt ihre Stimme. »I wonder«, beginnt sie erneut, »I wonder if William tried to sell this to somebody. He must have known its true value.«

Clive und Gareth wechseln einen Blick.

»You think he contacted someone about it?«, fragt Gareth.

Lady White nickt. »Well, all I know is that he was on his way to meet with someone.«

Das ist hochinteressant und ich muss an den Notizblock auf Lord Whites Schreibtisch denken. Aber ich behalte es lieber für mich, die Whites sollen nicht denken, ich schnüffele in ihren Zimmern herum.

»So, what we are really saying here is ...« Gareth verstummt.

»That's right, Gareth. I am beginning to wonder if his car accident had anything to do with this compass.« Lady Whites Stimme ist nur noch ein Flüstern. Man könnte eine Stecknadel auf den Boden fallen hören.

Wir sehen uns an und denken in diesem Moment wohl alle dasselbe. Musste Lord White etwa wegen dem Kompass sterben? War sein Tod gar kein Unfall?

PC Fletcher kommt wenig später erneut in unser Haus. Er wirkt viel professioneller und konzentrierter als gestern. Jetzt geht es ja auch um eine Menge Geld – und vielleicht sogar einen Mord.

»We will open up Lord White's case again«, sagt er. »Mr Clapp has promised us his full support to use his connections in the antique business. If there is anything more to it than just an accident, I assure you we will find out.« Es folgen lange Gespräche mit Lady White in der Küche. Unbegreiflicherweise trinken sie immer noch alle heißen Tee. Draußen sind fast 28 Grad und es ist erst elf Uhr morgens! Über Nacht ist eine Hitzewelle in ganz England explodiert und es herrscht eine regelrechte Festtagsstimmung im Fernsehen und im Radio.

»It is the hottest day in July since 1983«, wird der Radiosprecher nicht müde, immer wieder zu erwähnen.

Nach einer Weile taucht auch noch PC Pace mit einem Mann von der Spurensicherung auf. Natürlich, Steves Fingerabdrücke sind ja auf dem Kompass! Jetzt kann er sich nicht mehr rausreden!

»Our Mr Duncan has good taste«, stellt PC Pace gerade fest.

»Mr Duncan?«

Sie verzieht den Mund. »You were absolutely right with your suspicions. Steve's real name is Matthew Duncan. We found out when we took his fingerprints. He has a long record of previous convictions: burglaries, identity theft, and high-class robbery. He is on probation and currently working at Harringford's clothing store. Looks like he'll go straight back to prison now.«

Harringford's! Da ist es wieder. Das ist also die

Verbindung. Der edle Herrenausstatter war das ideale Jagdrevier für den Hochstapler »Steve«. Von wegen feine Privatschule – vorbestraft ist er, wegen Einbruch und Identitätsbetrug, und nur auf Bewährung raus. Und wahrscheinlich hat er die ganze Zeit bei Harringford's Informationen über reiche Leute gesammelt, bei denen sich ein Einbruch lohnen würde!

Plötzlich kommt mir ein Gedanke. »His name is Matthew?«, vergewissere ich mich.

»Yes? Why?«

Es ist eine absurde Idee, aber ich habe dennoch das Gefühl, dass es wichtig ist. »Well, there's a note on Lord White's desk saying: *Call M.* M – like Matthew, maybe?« Die Whites scheinen sich gar nicht zu wundern, weshalb ich von der Notiz weiß. Sie sind viel zu sehr mit ihren eigenen Gedanken beschäftigt. PC Pace nickt bedächtig. Dann marschiert sie aus dem Zimmer.

»PC Fletcher!«, höre ich sie rufen. »We have to take a look at the note on Lord White's desk!«

Ich muss Cookie anrufen, sofort, und ihr alles über »Steve« erzählen. Diesmal ist sie zum Glück da, auch wenn es mindestens zehn Minuten dauert, bis sie ans Telefon kommt.

»Du kannst dir nicht vorstellen, was hier los ist«, begrüßt sie mich. Im Hintergrund herrscht ein Lärm wie auf dem Hauptbahnhof. »Die Braut sieht wunderschön aus, sie trägt dieses lila Seiden …«

»Cookie!«, unterbreche ich sie kurzerhand. »Hör mir zu! Du kannst dir nicht vorstellen, was *hier* los ist!«

Und dann erzähle ich der verdatterten Cookie alle Ereignisse der letzten Stunden in Kurzform. Wie »Steve« über sie gelästert hat, behalte ich allerdings für mich.

»Wow«, sagt sie, als ich fertig bin. »Wie konnte ich nur so dumm sein. Was für ein Mistkerl! Ich saß fast zwei Stunden lang im Café und habe auf ihn gewartet. Ich dachte schon, dass *du* heimlich mit ihm ausgehst. So besonders sah er ja gar nicht aus. Jedenfalls nicht mein Geschmack!«

Ich gebe eine Art hysterisches Trillern von mir, aber da plappert sie schon weiter.

»Ich muss jetzt wirklich Schluss machen, es geht gleich los. Ich bin total aufgeregt, ich wünschte, du könntest mich sehen!«

»Das wünschte ich auch, Cookie«, gelingt es mir zu sagen. Sie legt auf.

Das Mädchen ist einfach unglaublich.

Später am Abend feiern wir eine spontane Party. Lady White hat den ganzen Tag lang telefoniert und auf einmal ist das Haus voller Leute, die »Darling, I can't believe it!« rufen, Getränke und Essen anschleppen und sie umarmen. Ella und ich haben in der Küche mitgeholfen, wobei Ella in einem Anfall von Größenwahnsinn verkündet hat, etwas Deutsches zu kochen. Sie hat offenbar völlig vergessen, dass weder sie noch ich jemals etwas Anspruchsvolleres als ein gekochtes Ei zustande gebracht haben. Das Ergebnis sind seltsam verschrumpelte Folienkartoffeln, die Ella viel zu lange im Ofen gelassen hat. Sie liegen wie Gesteinsproben auf dem kalten Buffet und werden von allen geflissentlich übersehen. Aber Ella stört sich nicht daran, seit Gareth gesagt hat: »Cooking is highly overrated.«

Seit Stunden sitzt sie schon mit ihm am kleinen Teich unter einer Art Lampion.

»Was quatscht ihr denn da dauernd? Du verstehst doch eh kaum was«, habe ich sie vorhin gefragt.

»Wahre Liebe überwindet alle Sprachbarrieren«, hat sie nur huldvoll geantwortet.

Und ich? Ich sitze neben Clive. Bis eben haben wir allen möglichen Leuten mindestens fünfzehn Mal die Geschichte vom Kompass erzählt. Der Letzte war irgendein Onkel Harry, von dem ich dachte, er würde niemals gehen. Aber endlich ist er weg. So sitzen nur noch Clive und ich nebeneinander. Die meisten Gäste verabschieden sich langsam. Ein paar Grillen zirpen, die Nacht ist warm und die Luft riecht unglaublich gut. Ein leises Plätschern kommt vom Teich. Clive hat mir erzählt, dass kleine Frösche darin leben.

»I haven't really thanked you«, sagt er plötzlich.

»What for?«

»For everything! For finding out about the compass

and insisting there was something wrong. Otherwise we would never have known and those idiots would be out there planning their next scheme.«

»That's okay«, murmele ich.

»No, really, I must thank you. I wish, there was something I could do for you.«

Und in diesem Moment sagt eine kleine Stimme in mir: jetzt oder nie! Du wirst nicht wieder blöd dasitzen und warten wie bei Francesco oder Sascha. Sei eine Frau der Tat!

Ich drehe mich zu Clive um und sehe ihn an.

»Well, Clive, there is something you can do for me.«

The one you love is closer than you think.

»What is it?« Gespannt sieht er mich an. Meine Antwort folgt sogleich. Wie sagt meine Schwester Ella so schön? Wahre Liebe braucht keine Worte.

Wortlos ziehe ich also Clive zu mir heran und drücke ihm meine Lippen auf den Mund. Und nach einer winzig kleinen Schocksekunde erwidert er meinen Kuss.

Und dann können wir gar nicht mehr aufhören.

21

Am nächsten Morgen sitzen wir alle beim englischen Frühstück und ich habe aus Höflichkeit meinen Frühstücksspeck schon mehrere Runden auf dem Teller hin und her geschoben. Ich habe mich ja schon an vieles hier gewöhnt, aber Frühstücksspeck wird nie zu meinen Lieblingsspeisen zählen. Clive bemerkt offenbar mein Dilemma, denn als Lady White sich kurz umdreht, um die Teekanne zu greifen, schnappt er blitzschnell den »bacon« von meinem Teller. Dankbar streichele ich ihn kurz mit meinem Finger am Handgelenk.

Gareth grinst uns anzüglich an.

»Do you two lovebirds have something going on?«, fragt er. Hastig schiebe ich eine glitschige Tomate in meinen Mund und beuge mich über meinen Teller.

»Look who is talking«, antwortet Clive nur. »Do you think you are the only one to notice a pretty German girl around here?« Ella lacht so laut, dass sie sich verschluckt und Gareth ihr mehrmals auf den Rücken hauen muss.

»I feel like a matchmaker«, sagt Lady White kopfschüttelnd, aber es klingt nicht böse, mehr belustigt.

In diesem Moment klingelt es Sturm.

Gareth springt auf, um die Tür zu öffnen.

Es sind PC Pace und Fletcher und außerdem noch ein weiterer Mann, der hinter ihnen das Haus betritt.

»CI Barnes«, stellt er sich vor und dann sagt er ernst: »There has been a new development in the case.«

Lady White stellt klirrend ihre Teetasse auf den Tisch. Neue Entwicklungen? Was hat das zu bedeuten? Mir wird auf einmal ganz kalt.

Chief Inspector Barnes holt Luft.

»When we looked at the old case files again, we recalled that a witness had talked about seeing a car driving away quickly from the scene of the accident.«

»I remember that, too«, sagt Lady White sofort.

»Well, then you probably also remember that our witness was a … how shall I put this …«

Hilfesuchend guckt er zu PC Pace.

»She was a woman in her late eighties and a little bit confused«, beendet PC Pace höflich seinen Satz.

»Yes, confused«, sagt CI Barnes erleichtert. »Anyway, she was not able to tell us the make of the car. All she remembered was that it was red and – as she put it – *a posh thing.*«

PC Fletcher schmunzelt nachsichtig angesichts dieses weiblichen Unvermögens, ein Auto zu identifizieren.

»So?«, fragt Gareth ungeduldig.

»So when we looked at that note from Lord White's desk, the one your friend mentioned«, hier nickt CI Barnes mir zu, »we traced the telephone numbers that were on it. One of them belongs to someone we know.«

»Matthew Duncan!«, platze ich heraus.

»Almost.« CI Barnes wedelt beschwichtigend mit der Hand. Ich kann kaum erwarten, dass er weiterspricht.

»It belongs to a Michael Duncan. Older brother of our suspect and ring leader of a notorious gang of thieves specializing in antiques. Although lately he claims to be a *personal trainer.*«

CI Barnes schüttelt den Kopf über so eine affige Berufsbezeichnung.

Lady White gibt einen kleinen Aufschrei von sich. Ihre Hand zittert, als sie sich einen Tee eingießt.

»That scumbag has a brother?«, fragt Clive.

»Yes, he has. And guess what – that brother Michael drives a red Ferrari. I would call that a posh car, wouldn't you?«, wendet er sich an PC Fletcher.

»Yes Sir, I would.« PC Fletcher sieht ein bisschen neidisch aus.

»So we went to question our Mr Personal Trainer and mentioned that his little brother was in deep trouble. After all, the two brothers lived together at the time of the accident and even though Matthew was only 15 years old back then, it could have been him Lord White had contacted, couldn't it?«

Erklärend dreht er sich zu Lady White um. »You were wise not to name your boys with the same initials, Madam.«

Ich versuche, alles Gesagte in meinem Kopf zu rekonstruieren. Schleimer-Steve hat also einen noch kriminelleren großen Bruder, dessen Telefonnummer auf Lord Whites Tisch lag und der ein Auto besitzt, dessen Wert sein angebliches Berufseinkommen deutlich übersteigt und das außerdem am Unfallsort gesehen wurde?

Clive nimmt mir auf einmal meine Gabel aus der Hand. Ich habe gar nicht gemerkt, dass ich vor Nervosität damit auf meinem leeren Teller herumgekratzt habe.

»So our Mr Superfit had a little nervous breakdown. Looks like he actually loves his horrible little brother and doesn't want him to go back to prison. Apparently he didn't like it the last time around.« Hier lacht er polternd auf.

»So our Mr Muscle confessed. He himself had contacted Lord White under the pretence of being an antique dealer, although he never intended to pay a penny. But your late husband was a careful man who would not bring the compass to the first meeting without knowing more about his potential customer.« Er hält kurz inne. »That was to be a fatal mistake.«

Lady White schluchzt leise auf. Tränen rinnen langsam über ihr Gesicht. Sie sieht auf einmal unendlich müde aus.

»Because when our criminal realized Lord White hadn't brought the compass with him, he got angry. He threatened him and eventually followed him in his car. He claims it never was his intention to harm the late Lord; he just wanted to scare him. But when Lord White lost control of the car and drove against a tree, our Mr M didn't even stop or call the police.«

Fahrerflucht, fällt es mir spontan ein. Was für ein monströses Bruderpaar!

»William died because of him?«, fragt Lady White tonlos.

Die drei Polizisten nicken.

»His lawyer will try anything to deny this«, erklärt CI Barnes. »But I personally believe your husband would still be alive today if it hadn't been for this man and his ruthless behaviour.«

Stumm stehen Clive und Gareth auf und legen ihre Arme um Lady White.

»So our Matthew Duncan knew everything about the compass when he broke into your house. And so did his partner in crime, by the way. He already broke down. Cried like a baby. I predict his career as a thief is over«, beendet CI Barnes seine Rede.

Von wegen Party bei den Whites mit dem kleinen Steve, der die Schiffsutensilien bewunderte! Alles Lüge! Und der widerliche Kumpel von »Steve« hat auf dem Revier geplärrt wie ein Kleinkind? Das macht mich trotz der traurigen Angelegenheit froh!

Lady White strafft ihre Schultern.

»It won't bring William back«, sagt sie. »But I appreciate everything you've done, Inspector. And you, Marleen!«

Liebevoll sieht sie mich an.

Wow! Ich muss das alles erst einmal verdauen. Clive setzt sich wieder neben mich. Und dann nimmt er vor allen Anwesenden meine Hand und schmiegt sie an seine Wange.

»Anyone for more tea?«, fragt Ella geschäftsmäßig. Ich werfe ihr einen dankbaren Blick zu.

Irgendwo tief in Ella – versteckt hinter Schichten von Make-up, albernem Verhalten und geschmackloser und zu knapper Kleidung – steckt tatsächlich eine patente Person!

22

Es sind 34 Grad im Schatten. Die Sonne kracht seit dem versuchten Einbruch vor fast zehn Tagen herunter, als wolle sie innerhalb kürzester Zeit all das schlechte Wetter in den Wochen davor wiedergutmachen. Wir sind am Strand von Torquay, um uns herum lagern apathische Menschen, deren Haut in den verschiedensten Schattierungen von zartrosa bis feuerrot leuchtet. Rundliche Kleinkinder torkeln mit Sandeimerchen durch die Gegend und stolpern über riesige Picknicktaschen. Möwen schreien, es riecht nach Meer und ab und zu hört man auch einmal ein bisschen die Brandung durch das Getöse am Strand.

Ich liege auf dem Bauch und genieße die Sonne. Jemand gießt ein bisschen Wasser auf meinen Rücken. Das ist Clive, der neben mir sitzt und mich überreden will, in dem eiskalten Meer baden zu gehen. Ich will aber nicht. Ich will hier liegen und alles um mich herum beobachten, den Fish-and-chips-Geruch von der Promenade her einatmen und die vielen englischen Laute aufnehmen. Denn in ein paar Tagen fahren wir wieder nach Hause und jedes Mal, wenn ich daran denke, scheint sich ein schwerer Stein auf mein Herz zu drücken.

Ein paar Meter von uns weg liegt Ella und wird zum wiederholten Male von Gareth mit Sonnencreme eingerieben. Wie ein Gourmetkoch passt er höllisch auf, auch nicht einen Zentimeter auszulassen. Angeblich weil Ella so ein heller Typ ist. Nun ja, jedenfalls glänzt sie schon ganz speckig wie ein Spanferkel, aber Gareth scheint immer wieder neue, cremefreie Zonen zu entdecken. Ein bisschen weiter weg sitzt Cookie in einem bunt verzierten Kleid aus feinstem, dünnstem Material. Sie sieht mittlerweile indischer aus als Ananya. Wenn sie die Füße in den Sand streckt, kann man die neue Tätowierung an ihrem Knöchel bewundern. Ich bin ja bald in Ohnmacht gefallen, als ich sie entdeckt habe. Es sind irgendwelche Hindi-Schriftzeichen – Sanskrit, glaube ich.

»Weißt du überhaupt, was das bedeutet?«, habe ich sie entgeistert gefragt.

»Ich glaube, es heißt Namaste«, hat sie nach kurzem Zögern geantwortet. Na, hoffentlich stimmt das auch. Ich meine, mal ehrlich, wie sollte sie jemals merken, dass da nicht steht: *Wer das liest, ist doof* oder *Hundefutter nicht vergessen*?!

Aber was soll's. Sie wird mir trotzdem fehlen. Und

leider werden wir uns im nächsten Sommer nicht treffen können, da Cookie fest entschlossen ist, eine Indienreise zu machen. Ich hingegen werde, so bald ich kann, wieder nach Torquay fahren.

Der Kompass ist mithilfe von Mr Clapp bereits für unglaubliche 230 000 Pfund verkauft worden und schon auf dem Weg zu seiner neuen Besitzerin, einer gewissen Mrs Smithfield aus New Hampshire. Laut Mr Clapp war die Gute ganz entzückt, endlich das passende Geburtstagsgeschenk für ihren Mann, einen leidenschaftlichen Sammler, gefunden zu haben. Ich wage mir gar nicht vorzustellen, was die beiden sich zu Weihnachten schenken mögen … Aber es hat mich daran erinnert, ein paar englische Bierdeckel für meinen Onkel Bernd zu besorgen. Lady White wird mit dem Kompass-Erlös das Haus auf Vordermann bringen und von nun an immer Sprachstudenten aufnehmen. Wie es scheint, hat sie daran Geschmack gefunden. Aber nur Jungs, hat mir Clive versichert, als er mein betretenes Gesicht sah. Ich hatte schon grässliche Visionen, in denen sich zahllose bildschöne Mädchen aus aller Herren Länder auf Clives Futon lümmelten und ihn anschwärmten.

»Mother wants to have some boys in the house, just in case someone ever tries to steal from us again«, hat Clive mir versichert. Und er und Gareth werden ja nun im Herbst doch wieder im Internat sein.

»Do you want to have a look at the sandcastles?«, fragt Clive mich jetzt.

»Sure.« Ich springe auf und schüttele den warmen Sand von meinem Rücken.

Hand in Hand spazieren wir am Strand entlang, bis wir zu den prächtigen Sandkreationen kommen. Es ist unglaublich, was für tolle Gebilde manche Leute gebaut haben. Ganze Schlösser und futuristische Paläste! Jemand hat Sand-Pinguine gebaut, ein anderer hat ein riesiges Mosaik aus Steinchen und Muscheln gestaltet. Manche Leute arbeiten immer noch an ihren Modellen, denn heute Abend gibt es einen offiziellen Begutachter, der das schönste Werk mit einem Preis auszeichnen wird.

Ein krebsroter Engländer häuft stümperhaft Sand zu einer kastenartigen Form auf. »Shit, shit, shit!«, flucht er immer wieder leise und dann sagt auf einmal: »Verdammter Mist!«

Es ist Konstantin!

»He, Konstantin, was wird das denn?«, frage ich ihn.

Er fährt herum und sieht mich mit Mörderblick an.

»Sieht man das denn nicht?«, versetzt er. Selbst in seinen Haaren klebt Sand, der im Sonnenlicht funkelt, als hätte er sich Glittergel hineingeschmiert.

»Das ist das Brandenburger Tor!«

»Das Brandenburger Tor?«

»Ja, natürlich. Ich muss nur noch die Quadriga herausarbeiten.«

»Es sieht mehr aus wie *Stonehenge*«, gebe ich mein vernichtendes Urteil.

»Du hast eben keine Ahnung.« Mit diesen Worten wendet er sich wieder seinem Kunstwerk zu, gerade zur richtigen Zeit, um zu beobachten, wie das Brandenburger Tor zusammensackt wie ein missratener Kuchen.

»Let's go«, sage ich schnell zu Clive. Wir wissen ja mittlerweile alle, was für ein schlechter Verlierer Konstantin ist. Kein idiotischer Wutausbruch soll meine letzten Tage mit Clive verderben. Auf der Mole sitzen Susanna und Anna und winken mir zu. Zwischen mir und Susanna herrscht Waffenstillstand. Sie war genauso schockiert wie ich, als plötzlich die ominöse Lisa auftauchte – eine Schwimmerin mit breitem Kreuz und energischer Feldwebelstimme, die Sascha ununterbrochen herumkommandiert. Offensichtlich hat sie vor zu bleiben. Sascha ist ganz kleinlaut geworden und vermeidet es, mich anzusehen. Weichei! Um wie viel besser habe ich es da getroffen!

»Will you write to me?«, frage ich Clive zum hundertsten Mal, als wir ein Eis essen.

»Of course!« Er grinst. »You need to learn a lot more English, my little Sherlock.«

Ich strecke ihm die Zunge raus und schnipse ihm mit dem Finger an den Arm, aber er hält meine Hand fest.

»Only because there is so much more I want to tell you.«

Er klaut sich das Stück Schokolade aus meiner Eiswaffel.

»Thief!«, rufe ich. »Robber!« Er gibt mir die Hälfte zurück.

Es ist klasse, wie viele englische Wörter ich jetzt kenne. Neulich habe ich sogar auf Englisch geträumt!

»Will you visit me in Germany?«, frage ich ihn.

»Absolutely.« Clive drückt meine Hand. »If you and your sister promise not to cook.«

Ich ziehe betont erstaunt die Augenbrauen hoch.

»Was there anything wrong with Ella's potatoes?«

»No, nothing at all.« Er guckt mich unschuldig an. »Not, if you like your food mummified and burnt …«

Als es zur Mittagszeit unerträglich heiß wird, fahren wir nach Hause. In Lady Whites riesigem altem Haus ist es herrlich kühl. Zu unserer Überraschung ist Mr Clapp schon wieder da.

»He is hanging around quite a lot lately«, flüstert mir Clive zu und grinst. Ich weiß, was er meint. Mir ist nicht entgangen, wie Lady White jedes Mal rote Bäckchen bekommt, wenn Mr Clapp auftaucht. Sie scheinen sich prächtig zu verstehen.

Ich bin auch aus einem weiteren Grund froh, dass Mr Clapp da ist. Es bedeutet, dass Lady White in den nächsten Stunden vollauf beschäftigt ist. Denn wie

Clive vorhin freundlicherweise festgestellt hat, habe ich noch eine Menge Nachhilfeunterricht nötig. Heute werden wir die Lektion »My boyfriend« durchnehmen. Und so schiebe ich meinen süßen Privatlehrer rasch in sein Zimmer. Mrs Kupfer wäre so stolz auf mich …

Später am Abend lese ich auf Clives Computer meine E-Mails. Tanja hat mir wieder geschrieben:

Hi Marleen,
ich bin wieder zu Hause. Ja, du liest richtig. Vor zwei Tagen sind wir regelrecht aus Italien geflüchtet. Es hat dort seit einer Woche nur noch geregnet, kannst du dir das vorstellen? Die Einheimischen haben uns versichert, dass dies so gut wie nie vorkommt, das letzte Mal wohl in den Zwanzigerjahren. Und natürlich dann, wenn ICH reise!
Aber der Urlaub wurde schon vorher immer beschissener. Denn als ich an einem Tag über den Markt spaziert bin, wer kam mir da entgegen? Francesco und Marco, beide mit einer Freundin im Arm! Irgendwelche langbeinigen Amerikanerinnen mit perlweißen Zähnen. Ich war stinksauer. Jungs sind doch treulose Tomaten, aber echt. Kennst du einen, kennst du alle!
Apropos: Kaum wieder in Deutschland, wer läuft mir da über den Weg? Der komische Verlobte deiner Schwester, der mit den Segelohren. Und wen hatte er

an der Hand? Jetzt halt dich fest – Antonia Melzer aus der 10 b!
Siehst du jetzt, was ich meine? Jungs!
Nächstes Jahr komme ich mit nach England, ich schwöre es dir. Lieber drei Wochen Nebel als so was.
Bis hoffentlich bald,
deine zutiefst frustrierte
Tanja

Ach, Tanja. Wieder einmal trennen uns Welten …

Und überhaupt – Francesco?

Who cares!